Nicole Groß

Der Träumerling

Über die Autorin:

Nicole Groß, geboren 1984, studierte Kriminologie und suchte zwischen Wissenschaft und Lehre nach der Essenz für friedvolles Zusammenleben. Ihre persönliche Reise durch das Leben führte sie zu der Erkenntnis, dass wahres Glück und Frieden in der Verwirklichung des individuellen Selbst eines jeden Menschen liegen. Mit dieser Einsicht im Herzen schreibt sie heute inspirierende Geschichten voller Lebensphilosophie, die dazu ermutigen, den eigenen Lebensweg mit mehr Klarheit und Hingabe zu betrachten, und so eine tiefere Verbindung zu sich selbst und der Welt zu finden.

Nicole Groß Der Träumerling

Roman

Bibliografische Information der Deutschen Nationalbibliothek:
Die Deutsche Nationalbibliothek verzeichnet diese Publikation in der
Deutschen Nationalbibliografie; detaillierte bibliografische Daten sind im
Internet über dnb.dnb.de abrufbar.

ISBN: 978-3-7597-8350-9

Verlag: BoD · Books on Demand GmbH, In de Tarpen 42, 22848 Norderstedt
Druck: Libri Plureos GmbH, Friedensallee 273, 22763 Hamburg

«Fern aller Gedanken und fern allen Geschehens
leuchtet ein Licht in jedem von uns,
das uns den Weg weist, unsere Herzen erwärmt
und uns in der Weisheit des Lebens erhellt.
Seit jeher erfüllen Wesenheiten diese Welt mit ihrem
Zauber und leiten uns wie Laternen durch die Nacht,
um uns stets zu diesem Licht zu führen,
auf dass es uns niemals erlischen möge.»

Prolog

Weithin, über die Wälder und den großen See hinweg, und fern von den Schrammen auf seiner Seele, blickte der Träumerling zurück, als würde er ein Gemälde im Geiste betrachten. Er saß auf der Veranda und schaute zum grünen Hain. Durch seine Gedanken strich die Erinnerung an die Zeit, wie alles begann. Es war zu jener Zeit, als die Wünsche noch Träume waren und der Zauber der Welt sich in unseren Herzen niederließ. Voller Hoffnung und großer Erwartungen hatte der Träumerling sich aufgemacht in ein kleines müßiges Städtchen, umhüllt von einem wilden Fluss, der daran zu erinnern schien, dass dort draußen außerhalb der Stadtmauern das Leben wartete. Jeden lieben Tag konnte man ihm beim Träumen zusehen, wenn er auf der steinernen Stadtmauer an jener Stelle saß, an welcher sie sich dem Fluss zu verneigen schien und sich gerade so niedrig zu Boden senkte, dass dieses liebenswerte Himmelswesen dort seinen Platz einnehmen konnte. Er ließ die Beine baumeln und sah voller Güte und Zuversicht auf die Welt. In seiner Güte schuf er die Kraft für seine Gabe, den Menschen ihre Wünsche zu erfüllen. Und dies war für ihn sein größtes Glück.

Er war in diese Welt gekommen, um den Menschen ihr Glück zu bringen, und doch vermochte er nicht zu erahnen, welche wundersame Reise diese Welt für *ihn* bereit hielt. Nun ging er weiter, noch einmal wandte er sich um, und Ruhe und Frieden stellten sich in seinem Herzen ein.

Kapitel 1

An jenem Tag, an dem der Träumerling in diesem Städtchen eintraf, erstrahlte die Abendsonne in ihrem schönsten Licht. Das Erste, was er erblickte, war der Fluss, über dem die Sonnenstrahlen ihre abendlichen Farbenspiele durch die Wolken zauberten. Er schaute hinauf zu den Wolken, noch einmal nach Hause. Nun war er in dieser Welt gelandet, um seiner Bestimmung zu folgen und seine Erfüllung zu finden. Einzig seine Hoffnung würde ihn auf diesem Weg tragen, den das Schicksal ihm erwählt hatte. Der Träumerling hatte die Aufgabe, den Menschen mit seiner Gabe zur Seite zu stehen. Ein Träumerling der sich stets an guten

Gedanken erfreute und gütig war, der hatte das *Träumen* und konnte damit Wünsche erfüllen. Eine Stadt mit vielen Menschen und vielen Herzen mit ebenso vielen Sehnsüchten würde ihm geben, wonach er suchte und was er zu schenken erstrebte.

Die Stadtbewohner waren auf dem Dorfplatz zu einer großen Menschentraube zusammengekommen. Es roch nach selbstgebackenen Vanilletaschen, die über den gesamten Platz dufteten. Allüberall legte sich der sanfte Duft von frisch aufgekochtem Kakao auf die Gemüter und die Menschen lachten, tanzten und waren voller Freude. Im Hintergrund standen die Kaufwagen mit den vielen süßen Sinnfreuden wie frisch gebackenen Waffeln, Zimtschnecken und Schokoladenfrüchten, und jede Straßenlaterne zeigte sich geschmückt mit einer prachtvollen Blütengirlande. Lange Zeit hatte es in dieser Stadt keine solch große und leichte Stimmung gegeben. Die Menschen waren ungewohnt fröhlich und aufgeschlossen für diese Festlichkeit, so überaus glücklich waren sie über die Ankunft eines Träumerlings in ihrem Städtchen. Seit Wochen malten sie sich aus, wie erfreulich und leicht ihr Leben werden würde, mit einem Helfer, der ihnen jeden Wunsch von den Augen ablesen würde. All ihre Wünsche könnten sie nun in die Welt aussenden. Nur ganz leise im Stillen fragte sich so manches Mitglied dieser Stadt, weshalb gerade ihnen dieses Glück zuteilwurde.

Der Magistrat lief auf den himmlischen Gastfreund zu und begrüßte ihn überschwänglich. «Sei gegrüßt, lieber Träumerling. Wir sind hocherfreut dich in unserem gemütlichen Städtchen begrüßen zu dürfen. Ich bin Herr Allons», sagte einer von ihnen. «Solltest du etwas brauchen oder eine Frage haben, dann wende dich an mich. Ich werde dir alles zeigen und alle Bewohner der Stadt vorstellen.» In seiner Haltung erhaben, doch in seiner Erscheinung ergeben, erhob der Träumerling seinen Blick in die Menschenmenge. Mit gleitender Sanftheit strich sein Wohlwollen über die Gesichter dieser Menschen und berührte sie vollkommen in jedem ihrer Sinne. Beeindruckt von dieser Anmut hielten die Menschen einen Augenblick lang inne und betrachteten den Träumerling. Seine feine Gestalt verlieh ihm eine gewisse Zartheit, und doch zeigten seine hohe Statur und seine markanten Züge das würdevolle Auftreten eines jungen kraftvollen Mannes, dessen himmlische Herkunft sich in den klaren, glanzvollen Augen verriet und die Menschen sprachlos stimmte. Auf seinem zarten Gesicht ließ sich ein liebevolles Lächeln nieder, so dass sich die Leute wieder zu rühren begannen.

Er begrüßte die Menschen mit einer fast unbemerkten Kopfbewegung zur Seite, während er aufmerksam dem Magistrat zugewandt blieb. «Ich danke euch allen für diesen freundlichen Empfang», sprach der Träumerling zu ihnen. «Ich könnte nicht glücklicher sein, als hier bei euch meine Aufgabe zu erfüllen. Mögen eure Wünsche stets fruchtbar sein und euch das Glück bringen. Und möge ich euch stets als guter Freund und Helfer zur Seite stehen, wenn ihr mich am meisten braucht. Ich freue mich auf das Leben hier mit euch und hoffe, sodann Teil dieser schönen Stadt zu werden, Teil von eurem Leben und Teil von dieser Welt.»

Die Leute gaben Beifall und jubelten ihm zu. Da stand er nun. Begrüßt und gefeiert. Unter hunderten von Menschen, die ihn ersehnt hatten und dennoch ganz allein mit seinen Erwartungen und seinen Hoffnungen. Herr Allons reichte ihm erneut bestätigend die Hand. Als der Träumerling den Handschlag erwiderte, rutschte ihm der Gürtel seines Mantels aus der linken Schlaufe und die Schnalle berührte mit einem leisen Klang das große Buch, das er unterm Arm hütete. Die Abendsonne spiegelte sich in dem kaum erkennbaren goldenen Emblem auf dem Einband. Er hielt das Buch in den Armen, wie man ein Kind tragen würde. Ein Kind, das man liebend bei sich trägt und um seines Schutzes willen wenig Aufmerksamkeit darauf zu lenken gibt. Dennoch blitzte das Emblem mit jeder Bewegung, die der Träumerling ausführte, immer wieder auf und weckte das Erstaunen der Anwesenden. Er war wie eine Gestalt aus Hoffnung und ferner Sehnsucht, die aus der

Tiefe des Himmels in ihr bescheidenes Leben trat, und für einen kurzen Augenblick ließ ihr Gegenüber sie in Einkehr versinken, in einen unbekannten Raum tief in ihrem Herzen.

Schließlich führte der Magistrat seinen Gast zum Stadtkern hinauf in Richtung Gemeindehaus. Ihm wurde die Stadt gezeigt und alle Sehenswürdigkeiten vorgestellt. Die Führung verlief zügig und er bekam kaum die Möglichkeit, sein Interesse an all den Begebenheiten mit Fragen zu bekunden, denn die Menschen schienen es sehr eilig zu haben, wieder in ihren Alltag zurückzukehren. Herr Allons nahm den Träumerling an die Hand und zog ihn von hier nach dort, bis sie die gesamte Stadt angeschaut hatten. Es gab kaum Gelegenheit alles genau zu betrachten oder die Menschen kennenzulernen, da erreichten sie auch schon wieder das Gemeindehaus. Es war aus braunem Holz gebaut, bescheiden gehalten mit einem großen Schornstein auf dem Dach. Die Farbe an den Fensterläden war etwas abgetragen und es fehlten hier und dort ein paar Dachziegel, ansonsten schien es gemütlich und solide zu sein.

«Hier wirst du wohnen», sagte Herr Allons und schaute zufrieden drein.

Der Träumerling blickte glücklich auf das Haus und entgegnete: «Es ist schön, es sieht sehr wohnlich aus, mit dem Kamin und den Fensterläden. Ich könnte sie neu anstreichen, wenn Sie das wünschen.»

Herr Allons lachte vergnügt. «Oh nein», schüttelte er seinen dichten, wirren Schopf. «Nein, nein, nein», tönte ein überhebliches Lachen aus seinem Hals und sein Blick wandte sich zu den restlichen Mitgliedern des Magistrats, die hinter ihnen standen. Der Träumerling schaute ihn verdutzt an und wunderte sich über diese Verhaltensweise. Aber fromm, wie er war, dachte er sich nichts weiter dabei und hörte höflich zu.

«Das wird nicht nötig sein. Du wirst dich ja hier nicht viel aufhalten, da du die Wünsche erfüllst und da wirst du wohl viel in unserer Stadt zu tun haben. Zum Essen und zum Nächtigen bedarf es dir wohl nicht viel, daher haben wir es dir besonders gemütlich eingerichtet. Komm schon und sieh es dir an.» Gemeinsam gingen sie hinein. Die Haustüre quietschte leise beim Öffnen und als sie hineintraten, knarrte der Dielenboden bei jedem ihrer Schritte. Die Einrichtung war einfach gehalten, inmitten des Raumes stand ein großer Tisch aus Nussbaumholz mit vielen schlichten Stühlen aus demselben Holz, die sich daran reihten. «Hier müssten wohl die Gemeindevertreter sitzen wenn sie wichtige Besprechungen abzuhalten haben.» Der Träumerling war beeindruckt. Aber gleichzeitig fragte er sich, wo er sich wohl in dem Haus aufhalten würde. Es schien nur diesen einen großen Raum zu geben. Am Eingang stand der steinerne Kamin mit einer nostalgischen Umrandung aus Eisenguss, ein paar Bilder mit Fotografien der Stadt und der umliegenden Natur hingen an den Wänden, und eine großzügig aus Holz geschwungene Deckenleuchte hing mittig über dem massiven Holztisch. Nur eine einzige kleine Tür war da noch, die ihrer Größe nach wohl eine Besenkammer sein mochte. Somit blieb für den Träumerling nur die Möglichkeit, dass er wohl in diesem großen Raum leben würde. Der Raum erschien geräumig und durch die linksseitige Fensterfront war er auch recht hell und das Abendlicht leuchtete von draußen herein. Von hier aus konnte er den blauen Fluss entlang der Stadtmauer sehen. Auf der anderen Seite des Flussufers lag ein großer Wald, der weit bis zum Horizont führte. Er stellte sich vor, wie er an den Abenden zu diesen Fenstern hinaus nach oben zu den Sternen blicken und bei hellem Mondlicht das Fließen des Flusses beobachten würde.

Soeben gedachte er, seine Gedanken mit Herrn Allons zu teilen, da öffnete dieser die Tür zur Besenkammer. «Und hier ist dein Reich!» Er zog voller Erwartung die Augenbrauen nach oben, sodass sich auf seiner Stirn dicke Furchen bildeten.

Er bekam die Reaktion, die er sich erhofft hatte. Denn der Träumerling war so gutmütig und freundlich, dass er ein Lächeln aufsetzte und so versuchte, seinen fragenden Ausdruck zu verstecken.

«Na, was sagst du?», fragte Herr Allons. Und ohne überhaupt gewillt zu sein, eine Antwort abzuwarten, fuhr er fort: «Hab ich dir zu viel versprochen? Es ist doch sehr gemütlich, nicht wahr? Du wirst verstehen, dass wir das Gemeinschaftszimmer für das Gemeinwesen benötigen, für unsere Gemeindetreffen und Abstimmungen und all die anderen städtischen Zusammenkünfte.»

Erleichtert dachte der Träumerling, dass er auf diese Weise immer Teil der Gemeinschaft wäre, weil er so stets bei Zusammenkünften der Gemeinde ohnehin anwesend wäre und er erklärte sich die spärliche Räumlichkeit damit, dass die Stadtbewohner wohl dachten, ihr Gast sollte bei jedem Treffen dabei sein und im Mittelpunkt des Stadtgeschehens stehen und mitwirken. Das erfreute ihn und er vergaß darüber das fehlende Fenster in seiner neuen Unterkunft, die staubige Matratze, die sie ihm als Bett auf den Fußboden gelegt hatten und die engen leeren Wände, die er jeden Abend zum Einschlafen betrachten würde. Aber er meinte zu verstehen und erkannte viel guten Willen der Stadtleute, um ihn in das Stadtleben einzuführen, und was er sich ganz besonders wünschte, ihn gleicherweise in ihre Herzen zu lassen.

Er lächelte Herrn Allons an. Dieser gab ihm einen im Gewand einer nett gemeinten Geste kräftig ausgeführten Klaps auf die Schulter und drückte ihn damit, für die anderen fast unbemerkt, in die kleine Kammer. Es roch nach staubiger Wäsche und modrigem Holz. In der hinteren linken Ecke stand ein Besen mit Handfeger und es lagen ein paar Wäscheklammern einzeln verteilt auf dem Boden. Kein Fenster, keine Heizung und keine Wärme.

«Es wird schon gehen», fand der Träumerling und bei dem Versuch, freudige Gedanken zu bewahren, überkam ihn eine bedrückende Schwere auf seiner Brust. Irgendetwas zog sich in ihm langsam zusammen. «Dabei waren doch alle so freundlich zu ihm.» Er vermochte es sich nicht zu erklären, und so beachtete er das Gefühl nicht weiter.

«So, nun lassen wir dich mal einleben. Du musst erschöpft sein von deiner Reise. Wir wünschen dir eine geruhsame Nacht.» Allons wandte sich entschlossen zur Haustür und beabsichtigte gerade aufzubrechen, da drehte er sich nochmals um und erhob den Finger. «Ach ja, das habe ich beinahe vergessen. Die Waschräume findest du direkt gegenüber. Sieh!» Unsanft schob er den Träumerling in Richtung Fenster und zeigte ihm ungeduldig die Waschhäuser. *Öffentliche Toiletten* stand auf einem Schild über dem kleinen Betonhäuschen. «Sie sind immer geöffnet und die gesamte Gemeinde pflegt regelmäßig die Waschhäuser aufzusuchen. Sollten also Fragen aufkommen, kannst du auch jeden um Hilfe bitten, der gerade vor Ort beziehungsweise auf dem Örtchen ist.» Herr Allons lachte und hielt sich dabei den runden Bauch. Drei tiefe lachende Töne kamen nacheinander aus seiner Kehle, ja, nicht aus seinem Herzen. Der Träumerling erkannte ein wahres Lachen, das direkt aus dem Herzen kam – dies, war keines davon. Doch er machte sich nichts daraus und wie all die anderen Anwesenden lächelte er beschämt, aber höflich über den Versuch von Herrn Allons, unterhaltsam zu sein.

Nachdem sich alle verabschiedet hatten und der Träumerling nun alleine in seiner Kammer war, betrachtete er die kahlen Wände, legte sich auf die Matratze am Boden und nahm die Decke, um sich darunter zu wärmen. Er öffnete die kleine knarrende Holztür ein wenig und lugte hinaus in den großen Gemeinschaftsraum. Wie er in diesem engen, staubigen und dunklen Raum lag, erwischte er sich bei dem Gedanken, heimlich in die Stube zu gehen und die Matratze umzuplatzieren. Schnell erinnerte er sich jedoch an die eindringlichen Worte von Herrn Allons, dass es ihm keinesfalls gestattet sei, den Gemeinderaum zu nutzen. Auch der Kamin dürfe nicht befeuert werden, dieser sei ausschließlich für die Gemeindeaktivitäten vorgesehen, ebenso wie das gesamte Haus. Nur für den kleinen Raum gewähre er eine Ausnahme, dies verstehe sich von selbst, schließlich musste sich der Träumerling in der Stadt wohlfühlen und brauche eine gemütliche Unterkunft. Was hätte der Träumerling dazu entgegnen sollen. Also zog er die Tür näher heran und kroch noch tiefer unter die Decke, dann schloss er die Augen. Besonnen hoffte er auf den morgigen Tag und stellte sich vor, wie ein neuer Tag wieder Licht in die Kammer und auch in sein Herz bringen würde. Und so schlief der Träumerling ein und verbrachte die erste Nacht in seiner neuen Welt.

Kapitel 2

Die Morgenröte zeigte die frühen Farben des Tages in einem zarten Rosé, welches gedeckt wie von pudrigem Sand durch den morgendlichen Nebeldunst zog. Ein neuer Tag hatte begonnen, und während der Träumerling noch friedlich schlief, schienen die ersten Sonnenstrahlen durch den Türschlitz zu seiner Kammer. In der Nacht hatte er sich in dem engen, fensterlosen Raum nicht ganz wohlgefühlt und so hielt er die Tür etwas geöffnet. Leider mochte sich die Tür nicht von selbst geöffnet halten und so bewegte sie sich mit jedem Male, wenn er die Tür aus der Hand ließ mit einem Quietschen in Richtung Türschloss. Und so kam es, dass der Träumerling die meiste Zeit der Nacht versuchte, mit der Welt außerhalb der engen vier Wände durch einen geöffneten Türspalt verbunden zu bleiben und tat kaum ein Auge zu.

Das warme Licht strahlte in die Kammer hinein und berührte seine Wange. Der Träumerling drehte sich auf den Rücken und erhob sich von der durchgelegenen Stoffmatratze am Boden, um den Tag zu begrüßen. Schnell vergaß er die Strapazen der Nacht, als er zu den Fenstern lief und den Fluss erblickte. Der Sonnenglanz schimmerte auf den strömenden Bewegungen des Wassers. Voller Vorfreude auf die Menschen und seine Aufgabe besann sich der Träumerling auf sein Vorhaben, an diesem Morgen in aller Frühe noch einmal durch seine neue Heimat zu spazieren und die Leute zu treffen. Die Häuser zu betrachten, die Farben zu spüren, die Düfte zu riechen und den Geist dieser Stadt in sich aufzunehmen. Er konnte es kaum erwarten, zu erfahren, was die Menschen hier liebten, wie sie lebten und welche Sehnsüchte sie hatten; ja, welche Wünsche sie wohl haben mochten und wie er ihnen so gerne helfen könnte.

So nahm er seine geliebte dunkelblaue Mütze, die er auf den Besenstiel in der Kammer gehangen hatte, und streifte sie sich mit einem vergnügten Lächeln auf dem Gesicht über den Kopf. Draußen vor dem Haus sangen die Vögel und die Sonne strahlte durch die hauchdünnen Schäfchenwolken am Himmel. Er streckte die Arme weit in alle Richtungen aus und atmete tief die frische Morgenluft ein. Vergnügt und besonnen lief er die Steigung hinauf zu den Wohnhäusern der Stadtbewohner. Die Kieselsteine auf dem Weg kitzelten seine Füße durch die feinen Sohlen seiner Stiefel und die vielen Blumen ließen die Beete bunt erstrahlen. Die Häuser sahen gemütlich aus. Sie waren schlicht gehalten wie das Gemeindehaus und dennoch hatten sie durch die verschiedenfarbigen Fensterläden einen freundlichen Charme. Einige Fensterläden waren himmelblau angestrichen, manche in einem satten Dunkelgrün und andere wieder in den Farben der Lavendelblumen, die überall am Wegesrand in großen Arrangements blühten. Nicht alle Läden waren gepflegt, bei einigen blätterte die Bemalung ab und die hübschen Holzschnitzereien hatten ihre Linien verloren. Die Blumenbeete in den Vorgärten waren kunstvoll und akkurat bepflanzt. Kleine weiße Kreuzzäune umrahmten die Gärten und verzauberten deren Anblick in leichte Aquarelle wie aus einer Galerie. Es war wahrhaft schön, anzusehen und der Träumerling versank in der Vorstellung, in dieser Stadt zu leben und vielleicht irgendwann auch in einem dieser kleinen Häuschen zu wohnen und seinen Garten mit den schönsten Blumen zu schmücken. Er würde Veilchen wählen. Ein blaues Meer aus Veilchen würde ihn und die Menschen jeden Tag begrüßen und am

Abend für die Nacht verabschieden. Er würde sich eine kleine, weiße Gartenbank aus Birkenholz in den Garten stellen und von dort aus die Pracht der Blumen bewundern. Seine Fensterläden wären frisch angestrichen, in demselben Weiß wie auch der Zaun und die Gartenbank. Und eine Vogeltränke ... – doch bevor er seine Träumerei zu Ende denken konnte, wurde er durch einen lauten Schlag aus dieser zauberhaften Vorstellung gerissen. Er schaute sich um und erblickte eine Dame, die gerade dabei war, ihre Fensterläden zu öffnen. Mit gewaltiger Wucht schlug sie die beiden Vorrichtungen jeweils nacheinander gegen die Hauswand. Sie bewegte sich hektisch und ihre geröteten Wangen ließen einen langen frühen Morgen mit vielen unerfreulichen Arbeiten erahnen. Beinahe im selben Augenblick stürmte eine weitere Stadtbewohnerin aus ihrem Haus. Sie hielt einen olivgrünen Flechtkorb in den Händen, der so groß war, dass dieser ihr bis zu den Augen reichte und ihr die Sicht nach vorn nahm. Sie lugte angestrengt abwechselnd an den Seiten des Korbes vorbei und versuchte sich so, sicher über den Weg vom Haus bis auf die Straße zu bewegen, wo der Träumerling stand. Mit jedem Versuch an dem großen Korb vorbeizuschauen, wirkte ihr Gesicht noch strenger und sie drehte hektisch ihren Kopf hin und her, stampfte mit jedem Schritt genervt auf den schön gepflasterten Weg, als befinde sie sich gerade äußerst übereifrig in der Vorbereitung eines großen Jahresfestes. Sie kam auf den Träumerling zu.

Er lächelte sie freundlich an und sagte: «Guten Morgen, die Dame.» Schnaubend lief sie an ihm vorüber, im Vorbeigehen trafen sich ihre Blicke, aber sie entschied sich wohl dazu, ihre Kräfte lieber bewusst einzuteilen, und hielt sich mit dem netten Morgengruß zurück.

So fragte der Träumerling fromm: «Meine Dame, wenn Sie erlauben, würde ich Ihnen sehr gerne behilflich sein.»

Sie blieb stehen, sah ihn an, schüttelte den Kopf und herrschte ihn an: «Mein Guter, siehst du denn nicht, dass ich schwer beschäftigt bin?»

Der Träumerling erwiderte: «Eben darum …»

Sie fiel ihm ins Wort: «Ich habe keine Zeit für lange Erklärungen. Ich wäre schon längst weiter, wenn du mich nicht aufhalten würdest.» Sie ging ohne Gruß davon und verschwand zwischen den anderen Wohnhäusern. Enttäuscht schaute der Träumerling auf die Häuser. Da stand er nun. Er hatte versucht, einen tieferen Einblick in diese Stadt und deren Bewohner zu gewinnen. Für heute war seine Mühe erfüllt und er bewegte sich wieder den Berg hinab in Richtung Stadtkern. Seine Aufgabe wartete auf ihn und er suchte nach einem geeigneten Plätzchen, um ihr nachzukommen.

Auf dem großen Platz standen Verkaufswagen mit vielen bunten Kisten und überall lag Obst und Gemüse. Es roch nach Käse und frisch zubereiteten Backwaren. «Heute ist wohl Markt», dachte der Träumerling. «Eine gute Gelegenheit ein paar Leute zu treffen und sie kennenzulernen.» Als er den Marktplatz erreicht hatte, waren die Menschen schon sehr geschäftig. Die Güter wurden in die Ladentheken eingeräumt. Verkaufsschilder wurden geschrieben und der Boden gefegt.

«Guten Morgen», sagte der Träumerling zu einem der Marktmänner, der gerade einen Bund Radieschen auf die Warentheke legte.

«Wir haben noch nicht geöffnet. Du musst dich noch einen Augenblick gedulden», sprach er ihn gehetzt an.

«Oh, nein. Ich wollte nur ...», er versuchte, geeignete Worte zu finden, «ich dachte ich könnte Guten Morgen sagen und mich vorstellen. Ich bin neu in der Stadt. Ich bin der Träumerling, also wenn sie einmal Hilfe benötigen ...» Er unterbrach seine Ansprache, da er sich nicht darüber gewiss war, ob der Mann ihm auch zuhörte, denn er arbeitete weiter an seinem Stand und pustete genervt seine Atemluft aus. «Vielleicht sind Sie im Moment einfach zu sehr beschäftigt und ich komme ein anderes Mal wieder», sagte der Träumerling freundlich.

Der Mann entgegnete prompt mit angestrengter Miene: «Hör zu, ich bin beschäftigt und sollte ich etwas von dir brauchen, werde ich dich das wissen lassen. Dafür bist du doch da, oder nicht?»

Der Träumerling senkte den Blick. «Ja», sagte er betroffen. «Ja, dafür bin ich da. Aber auch, um euch ein Freund und Vertrauter zu sein», fügte er vor sich hinmurmelnd hinzu. Der Mann hörte ihn wohl nicht mehr, er stand bereits wieder hinter seinem Kaufladen und packte neue Paletten aus. Die anderen Marktleute steckten ebenfalls inmitten der Vorbereitungen, sodass sich der Träumerling entschloss, den Markt lieber zu verlassen. Sein Herz wusste nicht recht, ob er dies tat, um niemanden zu stören oder um eine weitere Enttäuschung zu vermeiden, die sein Herz betrüben würde. Er hatte gehofft, die Freude über seine Ankunft wäre mehr als ein Begrüßungsfest und dass er diese Freude der Stadtbewohner spüren würde, dass er diese Freude erleben dürfte als Teil dieser Stadt und auch als ein Teil in ihrem Leben. Schließlich war er ein Träumerling und er hatte mehr zu geben, als nur Wünsche zu erfüllen. «Wenn sie ihn doch nur in ihr Herz ließen.»

Da stand er nun, auf einem fremden Platz, in einer fremden Stadt mit fremden Menschen und einem fremden Gefühl in seinem Herzen. Niemals zuvor hatte er eine so starke Sehnsucht empfunden. Er konnte dieses Gefühl nicht fassen, es nicht begreifen, aber es war da und es führte ihn manchmal in Augenblicke hinein, die ihn sein eigenes Selbst und all seine Weisheit vergessen ließen. Er blickte sich um und atmete einmal tief die frische Morgenluft ein. Er hob seinen Kopf, presste die Luft wieder hinaus und hoffte so, all seine trüben Gedanken von sich zu stoßen. Oben am Himmel entdeckte er ein paar weiße Wolken. Dicht und fest schwebten sie vor seinem sehnenden Auge, sie lagen aufeinander wie ein behutsames Himmelsbett. Er fühlte sich sogleich geborgen und beschützt. Langsam schloss er die Augen und behielt dieses Gefühl in seinem ruhelosen Geist. Und er erinnerte sich. Ihn überkam ein Lächeln, und er bedankte sich für diesen Moment.

Plötzlich nahm er einen wundervollen Duft wahr. Es roch nach frisch Gebackenem. Er lief einen kleinen Kiesweg hinab zu einem Stadtpark. Große, alte Bäume umrahmten das Gelände und auf der Wiese blühten bunte Blumen. Es war wunderschön. Der Träumerling näherte sich dem mächtigen Eingangstor zur Anlage und bestaunte das Geschehen. Diesen Stadtgarten hatte ihm der Magistrat bei der Führung nicht gezeigt. Umso mehr freute sich der Träumerling über diese freudige Überraschung. Die Vögel sangen wild durcheinander und verkündeten ihre tägliche Botschaft. Ein paar Tauben wurden durch das Geräusch eines kehrenden Besens aufgeschreckt und flogen zu dem Taubenhaus, das inmitten der großen Wiese stand. Es war beträchtlich hoch und weilte auf einem dicken Holzpfahl, der mit filigranen Schnitzereien bestückt war. Noch immer hörte er das Kehren und er schaute sich um. Dort, zwischen zwei Parkbänken war ein kleiner Verkaufsladen. Er stand auf einer gepflasterten runden Fläche, von welcher sich ein im selben Muster gepflasterter Weg bis hin zu dem flachen Weiher ebnete, der nur ein paar Schritte hinter dem Verkaufswagen ruhte. Eine Frau kehrte den sandigen Boden von den Steinen und sah zum Träumerling hinüber. Sogleich dachte er daran, dass die Menschen hier so sehr beschäftigt sind und bemühte sich darum, die Frau nicht zu stören. So lächelte er sie freundlich an und grüßte höflich.

Gerade als er weitergehen wollte, sagte die Frau: «Guten Morgen, Träumerling. Du siehst hungrig aus. Was tust du schon so früh am Morgen hier?»

Er hielt einen Augenblick lang inne und blieb stehen. «Konnte sie ihn gemeint haben?», dachte er bei sich. «Ja, sie hatte ihn schließlich Träumerling genannt, und er war der Träumerling.»

Also drehte er sich zu ihr um und lächele sie erwartungsvoll an. «Ich bin ...» Er versuchte Worte zu finden. «Nun, ich möchte die Stadt und ihre Menschen kennenlernen. Der Sonnenschein hat mich nach draußen gelockt und ich versuche mich hier einzufinden.» Die Frau blickte ihn in aller Ruhe an. Sie hatte ihren Besen beiseitegestellt und hörte ihm aufmerksam zu. Der Träumerling war darüber sehr überrascht und freudig zugleich.

«Und? Hast du die Menschen schon kennengelernt?», fragte sie und klopfte den sandigen Staub von ihrem langen geblümten Rock.

Der Träumerling schaute etwas betrübt zu Boden. «Leider sind alle sehr beschäftigt hier. Ich denke ich muss mich noch gedulden und warten bis die Leute auf mich zukommen.»

Sie hob die Augenbrauen. «Du meinst, bis sie etwas von dir brauchen?», sagte sie. Er sah sie an, und seine Augenlider sanken zustimmend nach unten. Aber gleichzeitig lächelte er besonnen und sein Kopf bewegte sich leicht nach rechts und links, so als wollte er den Worten der Dame überhaupt nicht zustimmen. Doch seine Augen verrieten die Enttäuschung.

Die Frau nahm den Besen wieder in die Hand und kehrte langsam weiter. «Hör mal» sagte sie, «die Menschen in dieser Stadt sind oft sehr beschäftigt – sie glauben es zu sein. Sie können tagelang arbeiten und haben nichts vollbracht, sie können tagelang umherlaufen und sind keinen Schritt weitergekommen und sie können den ganzen Tag reden und doch haben sie am Abend nichts gesagt.»

Der Träumerling sah sie verwundert an. «Aber warum?», fragte er. Doch ihr Anblick und ihr bedauerndes Schmunzeln vermittelten ihm Einsicht. «Ist es denn für diese Menschen so unerträglich einfach nur zu sein? Sie haben hier doch alles.»

Die Frau lachte liebevoll. «Du begreifst schnell.» Sie hatte ein kraftvolles Lachen, ein wahrhaftiges, das sah er an ihren Augen. Sie strich sich die großen goldenen Locken aus der Stirn und diese Augen schenkten ihm Zuversicht. Wie Sterne am Tag erleuchteten sie seine trübe Stimmung.

Er horchte weiter ihren Worten. «Diese Stadt ist für sie von großer Bedeutung. Sie möchten eine schöne, gepflegte Stadt mit ordentlichen Leuten. Es gab einmal einen großen Aufruhr, als die Jahresfeste festgelegt werden sollten. Bei der Abstimmung waren sich die Stadtbewohner nicht einig und es kam zu Streitereien und Spaltung zwischen den Leuten. Daraufhin wurden unzählige Blumen gepflanzt, der Rasen im Park gemäht und die Fensterläden gestrichen. Die Leute ließen sich die Haare schneiden und polierten ihre Schuhe. Die Wagen vom Markt wurden gewaschen und die Stadtbewohner schmückten ihre Fensterbänke mit den schönsten Blumentöpfen. Der Schatzmeister holte die letzten Taler aus der Stadtkasse und davon wurde der wunderschöne Brunnen auf dem großen Platz aufgestellt. Als alles schön anzusehen war und das Wasser im Brunnen plätscherte, waren alle Ungereimtheiten vergessen und die Stadt konnte wieder ruhen.»

Der Träumerling war bereits näher herangekommen und hörte gespannt zu. «Und dann waren sie wieder versöhnt?»

Die Frau lächelte amüsiert. «Es wurde nie wieder darüber gesprochen.»

Er wurde nachdenklich. «Dann rührt all die Schönheit dieser Stadt von Unzufriedenheit und Argwohn her?» Dieser Gedanke stimmte ihn wieder traurig. Er war voller Zuversicht in dieser Stadt gelandet, hatte gehofft hier zu helfen und seine Bestimmung zu erfüllen. Nun hatte er das Gefühl, ihm würden all seine guten Vorsätze und seine Freude entrinnen. Die Frau bemerkte, dass der Träumerling still wurde und in seinen Gedanken versank.

«Aber mach dir keine Sorgen», sagte sie rasch, «sie werden schon noch auftauen. Bald werden sie mit ihren Wünschen zu dir kommen und dann wirst du sie alle kennenlernen.» Sie lächelte ihn aufmunternd an.

Der Träumerling blickte auf, und das Funkeln in seinen Augen kam allmählich zurück. «Ja, das werden sie. Ich freue mich darauf.»

Erst jetzt erkannte er den schönen Verkaufswagen, der vor ihm stand. Große, hölzerne Räder trugen den Wagen. Er war gänzlich aus Holz gebaut und in einem dunklen Tannengrün angestrichen, sodass er aus der Ferne betrachtet zwischen den mächtigen alten Tannen im Park kaum von diesen zu unterscheiden war. Ein in hellem Naturweiß gefasstes Dach unterstrich die Gemütlichkeit, die im Innenraum herrschte. Hübsche Strohkörbe waren mit karierten Stoffservietten ausgelegt und zierten die hölzernen Regale, die an der Rückwand hingen. Ein nostalgischer Backofen, umrahmt von einer goldenen Verzierung aus wunderschönen Ornamenten, ließ wohl durch die kleinen rauchenden Schornsteine auf dem Dach diesen herrlichen Duft frei. Eine Markise aus festem Leinenstoff gab der Verkaufstheke den nötigen Schutz vor zu viel Sonnenstrahlen. Als der Träumerling nach oben schaute und die dampfenden Kamine beobachtete, entdeckte er das große Ladenschild, das an zwei dick gebundenen Seilenden über der Ladentheke hing. Tief ins Holz war ein Wort hineingeschnitzt.

«Quiches», las er laut vor.

«Quiches», wiederholte die Frau zustimmend.

«Ist dies, was hier so fein duftet?», fragte er.

«Ja, das sind meine Quiches.» Die Frau stellte den Besen zur Seite und betrachtete ihr Schild. Ihre Augen strahlten voller Stolz. «Möchtest du eine versuchen?», fragte sie. «Ich mache hin und wieder früh am Morgen mein Probebacken für neue Rezepte. Der Verkauf beginnt erst am Mittag. Ich würde mich freuen, wenn du eine kostest.»

Der Träumerling war noch ganz verwundert über diese Freundlichkeit, doch sein Magenknurren und der herrliche Duft ließen für ihn nicht die geringste Zurückhaltung zu. «Ich habe wirklich großen Hunger», erklärte er dankend.

«Ja, das ist mir aufgefallen, du siehst sehr hungrig aus. Nicht nur auf Essen.» Sie neigte ihren Kopf und lächelte ihn sanft an. Die Sonne stand noch nicht sehr hoch und einzelne Sonnenstrahlen schienen unter der Markise hindurch, über die Theke in ihr Gesicht. Für einen kurzen Moment erstrahlte diese Frau in einem wärmenden Licht. Sie war bereits in den Wagen gestiegen und legte eine dampfende Quiche auf eine der karierten Stoffservietten, die überall liebevoll zusammengefaltet aufeinandergestapelt waren. Als er die warme Speise in der Hand hielt, konnte er sich nicht zurückhalten und begann zu essen. Es schmeckte nach frischem Blätterteig, der beim Abbeißen fein zersplitterte, und der Geschmack der Kräuter zauberte ihn für einen Moment in ein Meer aus wilden Kräutergärten, deren Duft der Wind über die Weiden hinfort bis in diesen Park, zu diesem Wagen ins hier und jetzt, eben in diesen Moment trug. Langsam erwachte er wieder aus seinem Tagtraum und war erstaunt.

«Es schmeckt himmlisch!», platzte es aus ihm heraus. Nie zuvor hatte ihn solch eine angenehme Wärme durchdrungen, indessen er zur selben Zeit ebensolch erfrischende Leichtigkeit und Freiheit verspürte. «Das war genau, was ich gebraucht hatte», sagte er.

Die Frau lachte. «Ja, das denke ich auch.»

Der Träumerling führte bedacht seine Hand zum Herzen und neigte seinen Kopf. «Ich danke Ihnen sehr dafür!»

Sie winkte freudig ab. «Ist dein Hunger gestillt?»

Er lächelte zustimmend. «Ja, das ist er. Weit mehr als das.»

Eilig erkundigte er sich, ob sie jeden Morgen verkaufe. «Dann würde ich bei Ihnen frühstücken.» Er schob sich genüsslich das letzte Stück in den Mund, legte die Stoffserviette auf die Ladentheke und faltete sie behutsam zusammen. Die Frau nahm sie zurück und warf sie in einen großen Korb unter der Ladentheke.

«Ich habe heute Rezepte ausprobiert. Das mache ich manchmal ganz früh am Morgen. Dann ist die Zeit am reinsten. So kann ich den Duft besser abschmecken.»

Etwas verwirrt sah er sie an. «Sie meinen die Luft, die Luft ist am reinsten?»

Sie schmunzelte gegen die Sonne. «Ja, die Luft. Auch die Luft ist am reinsten.» Erwartungsvoll wartete er weiter ihre Antwort ab. «Aber am Mittag verkaufe ich jeden Tag.» Sie bemerkte, wie der Träumerling für einen Augenblick seine Lippen leicht aufeinanderpresste. «Kannst du nicht zu Hause frühstücken?», fragte sie. «Zuhause», dachte er bei sich und sammelte einen Moment seine Gedanken. «Was aber nun war momentan sein Zuhause? Diese Stadt, das Gemeindehaus oder gar etwa einzig und allein diese dunkle enge Kammer?»

Sein Gewissen versuchte schnell, ihn zu besänftigen, denn er wollte nicht undankbar sein. Jedoch fiel es ihm schwer, ein Zuhause in diesem Augenblick zu benennen.

So antwortete er: «Ich habe keine mögliche Stelle, um mir etwas zu kochen.» Er wurde leiser und murmelte weiter: «Oder mir etwas zu Essen zuzubereiten.» Es wurde still.

«Ich verstehe», sagte die Frau und sah hinauf zum großen Platz, und ihr Anblick wurde schärfer.

Der Träumerling hoffte, sie nicht verärgert zu haben, womöglich hatte sie den Eindruck, ihm würde seine Unterkunft nicht gefallen. Und so sagte er schnell: «Das macht aber nichts, ich wohne im Gemeindehaus. Es ist ein gemütliches Haus.» Dabei nickte er bemüht. «Ich bin nicht allzu oft hungrig und ich brauche nicht viel.»

Sie sah ihn eindringlich an. «Wir alle brauchen viel. Viel von dem, was wir brauchen. Weißt du, was du brauchst?»

«Ich denke schon.» Er versuchte, das Gespräch zu umgehen. «Also, ich würde sehr gerne frühstücken können. Ich begrüße früh den Morgen», erklärte er.

«Du brauchst also ein Frühstück. Etwas, das dich am Morgen nährt», sagte sie bestimmt.

«Ja, leider sind Ihre Quiches morgens noch nicht da. Sonst würde ich nur noch diese essen», lachte er.

«Aber du kannst jederzeit am Mittag kommen, da bin ich für dich da.»

Ihr freundliches Gemüt verzückte ihn. «Das ist schön, ich freue mich darauf.»

Schnell empfahl sie ihm eine andere Möglichkeit: «Wenn du frühstücken möchtest, könntest du in die Pension vom alten Hubertus gehen. Dort treffen sich am Morgen viele Stadtbewohner. Du könntest essen und vielleicht sogar ein paar Leuten bei einem guten Kaffee begegnen und sie kennenlernen.»

«Ja, das klingt gut. Danke, das werde ich tun.»

Sie zeigte die hohe Steigung hinauf. «Du findest die Pension dort oben am Berg. Hinter den Wohnhäusern.» Er schaute hoch und sah in der Ferne eine Steintreppe, die hinaufführte.

«Schön, das sehe ich mir morgen an. Für heute hatte ich eine ganz wundervolle Mahlzeit, die stillt meinen Hunger sicherlich bis zum Ende des Tages», sagte der Träumerling vergnügt.

Die Sonne stand bereits hoch am Himmel und so besann er sich wieder auf sein Vorhaben nach einem guten Plätzchen zu suchen, welches ihm schöne Stunden für den Tag bescheren würde. Also verabschiedete er sich von seiner neuen Bekanntschaft und bedankte sich erneut für die feine Speise.

«Ich werde nun den Tag fortführen. Ich danke Ihnen sehr für die gute Quiche und auch für Ihre guten Worte.

Beides hat mir sehr gut getan.» Er sah sie für eine Weile dankbar an, wünschte ihr einen angenehmen Tag und ging mit einem vergnüglichen Lächeln davon.

Die Frau neigte zufrieden ihren Kopf zur Seite und rief ihm nach: «Ich bin übrigens Madeleine.» Er war schon einige Schritte entfernt, doch drehte er sich nochmals um und zeigte sich mit einer kurzen Verneigung erkenntlich.

Der Träumerling bewegte sich den gepflasterten Weg weiter in Richtung des kleinen Weihers. Die Äste der Weiden hingen mit ihren Spitzen im Wasser und die Enten schlängelten sich hindurch, um sich unter der schützenden Blätterdecke niederzulassen. Graureiher flogen anmutig durch die Lüfte und landeten in ihren Nestern hoch oben in den Baumkronen. Dieser Frieden und diese Ruhe schenkten ihm Einkehr – Rast von seinen Gedanken und seinen ersehnten Erwartungen. Er verließ den Weg und näherte sich einem Rosengarten. Schon aus der Ferne streichelte der Duft der Blüten seine Nase und sein Gemüt. Weich und warm umschloss die blumige Luft den kleinen Garten. Umrahmt von einem hohen filigranen Eisenzaun, an dem die edelsten Rosen ihre prächtige Schönheit zeigten, lud dieser Garten ein, hineinzugehen und sich in ein zartes Blumenbett zu legen. Ein großer Rosenbogen führte ihn zum Eingang und als der Träumerling hineingegangen war, plätscherte dort ein steinerner Brunnen. Dieser stand auf einer schmalen Steinsäule, auf der eine geschwungene Brunnenschale das Wasser auffing. Die Marmorfigur einer Jungfer zierte die Schale, und um sie herum sprangen die Wassertropfen nach oben und umrahmten im Fall die Steinfigur, bis sie sich zuletzt mit dem Wasser wieder vereinten. «Diese Stadt ist wirklich schön», dachte sich der Träumerling und ging weiter.

Am Ende des Parks führten steinerne Treppenstufen wieder nach oben zum großen Platz. Obwohl der Träumerling nicht von allzu geringer Größe war, musste er bei einigen ungleichen Stufen springen, um sie mit einem Male zu erreichen. Auf dem Platz herrschte noch immer reges Treiben und er versuchte erst gar nicht, irgendjemanden anzusprechen. Er zog sich die Mütze ein Stück weit ins Gesicht und überquerte zügig den Platz, um nicht aufzufallen. Endlich erblickte er wieder seinen Fluss, der kraftvoll und geruhsam unter dem blauen Himmel floss. Das klare Azur erreichte ihn tief in seiner Seele und so setzte er seinen Weg fort und lief den schmalen Kiesweg zur Stadtmauer hinunter, der zum Fluss hin abfiel. Der Fluss ebnete sich seinen Weg hinter der steinernen Mauer, und wenn die Wellen daran brachen, rauschte das Wasser auf und weißer Schaum legte sich auf das Wasser, der mit den übrigen Wellen fortzog. Der Träumerling beobachtete dieses Naturspiel mit Freude und er hatte großes Glück, dass gerade an jener Stelle, an der er stand, die Stadtmauer sich hinab in Richtung Boden neigte, eben gerade so tief, dass er dort seinen Platz einnehmen konnte. Es war, als würde er gebeten sich hier niederzulassen, und er verstand es, ebendies Stück Mauer als seinen liebsten Ort zu erkennen. Die Steinwand bestand aus erdfarbenem Gestein, das von immer wiederkehrendem Schlamm aus der Brandung mit einer naturweißen Patina bestrichen war und zeichnete sich wie ein Rahmen um die Stadt herum. Der Träumerling setzte seine Füße auf die wenigen hervorstehenden Steine und stieg auf die Mauer. Beeindruckt schaute er zum Fluss und beobachtete die strömenden Wasserspiele. Sofort fühlte er eine reiche Weite auf seiner Brust. Er spürte die vorbeiziehende Luft um seine Wangen, hörte die Wellen, die leicht ans Ufer schlugen. Der Fluss berührte ihn so sehr, dass er nun all seine Gedanken mit dem Wind ziehen ließ, und sein Verstand wurde wieder klar. Er genoss diesen Augenblick und alles wurde weit – sein Verstand, sein Herz und seine Hoffnung.

An diesem Platz saß er nun. Wie die Sonne herabstieg, saß er noch immer dort. Dies sollte der Ort sein, an dem er die schönsten Wünsche träumen würde und jenes Plätzchen, an dem wohl der erste Stadtbewohner ihn um einen Wunsch bitten würde. Denn binnen dieses friedlichen Abendspiels waren auf einmal schlurfende Schritte zu hören. Die kleinen Kieselsteine vom Fußweg wurden zur Seite geschoben und einige flogen durch die Luft. Jemand rutschte mit den Schuhen über den Kies und murmelte genervt vor sich hin.

«Hier bist du, Träumerling!», rief ein Mann plötzlich. «Ich habe dich überall gesucht. Was tust du denn hier unten am Fluss?»

Der Träumerling blickte auf. Der Mann rutschte hastig über den Weg zu ihm und zupfte an seinem dunklen Spitzbart.

«Ich bin gerne hier», antwortete der Träumerling. «Es ist der schönste Platz, den ich finden konnte.»

Der Mann schien überrascht. «Der schönste Platz!», wiederholte er. «Wie kannst du das sagen? Diese Stadt ist wunderschön, hast du nicht gesehen wieviel Arbeit darin steckt, was wir hier geschaffen haben?», ereiferte er sich.

Der Träumerling versuchte höflich, sein Gemüt zu besänftigen: «Sie ist wirklich schön eure Stadt. Ich bewundere euer Werk. Nur, haben Sie jemals ein tieferes Azur gesehen als dieses vom Fluss? Haben sie je ein schöneres Schauspiel gesehen als die Wasserspiele der Strömung? Sehen Sie nur den Horizont, haben Sie jemals ein schöneres Farbenspiel gesehen als dieses?» Freudestrahlend betrachtete er den Himmel.

«Was redest du da? Der Fluss macht, was er will. Seit Jahren drückt er das Wasser immer wieder über die Ufer und überschwemmt die Blumenwiesen und den Waldrand. Die Ufer sind ausgefranzt und die Steine sind überzogen mit grau-weißem Schlamm. Sieh dir die Mauer an! Die Strömung ist in manchen Nächten lauter als jedes Unwetter. Und wie schon gesagt, sieh dir die Mauer an! Die Steine sind von Schlamm bedeckt und das vor einer Stadt wie dieser. Wenn wir diesen Fluss nur zähmen könnten.» Verächtlich beschaute der Mann das Wasser.

Für den Träumerling waren diese Worte so fern seiner eigenen Gefühle, dass er nun selbst das wundervolle Erleben dieser Pracht in die Welt ausrufen wollte. «Das ist sein natürlicher Lauf. Er ist, wie er ist. Gibt es etwas friedvolleres als Wasser, getragen von den Wellen des Lebens? Gemälde am Himmel von der Sehnsucht und Hoffnung gemalt, wilde Gärten von der Natur gelegt und belassen in jedem als sein Eigen. Keine Schönheit auf dieser Welt ist ehrlicher als diese.» Seine Augen leuchteten wie Laternen, die den Menschen Licht in den Welten Schönheit machen.

«Papperlapapp», warf der Mann ein, «mir scheint, als sei dir hier unten zu viel Luft um die Nase geweht. Ich weiß nicht wovon du da sprichst, aber die Leute haben dich bereits gesucht. Wir konnten ja nicht ahnen, dass du dich hier unten versteckst.»

Der Träumerling versuchte Worte zu finden: «Also, ich ...»

«Na, jedenfalls habe ich einen Wunsch.»

Der Träumerling sah ihn erwartungsvoll an. «Was wünschst du dir denn?»

«Ich habe viele Wünsche, aber für heute beginne ich mal mit dem einen. Nun bist du ja hier, also eilen die Wünsche ja nicht, nicht wahr?», scherzte er.

«Ich bin nun hier», sagte der Träumerling ruhig. «Ob deine Wünsche eilen, weiß ich nicht.»

Für einen Moment schien der Mann noch einmal über seine Worte nachzudenken. Aber schnell sprangen seine Gedanken wieder zurück zu seinem Wunsch. «Soll ich dir den Wunsch nun endlich sagen?» Er tippte sich ungeduldig mit den Fingern gegen den Oberschenkel.

«Wie ist dein Name?», fragte ihn der Träumerling mit sanfter Stimme, sodass die Ruhe einen Moment zurückkehrte.

«Mein Name ist Herr Kaspar.» Er senkte seine Stimme: «Eigentlich Konrad Kaspar.» Nach einer weiteren Überlegung fuhr er fort: «Die Stadt nennt mich einfach nur Kaspar.» Er pflückte ruckartig ein Blatt vom Gebüsch ab.

Der Träumerling betrachtete seinen Wünschling und sprach weiter: «Nun, Konrad Kaspar. Gerne möchte ich dir deinen Wunsch erfüllen. Erzähle mir davon.»

Erleichtert begann dieser zu berichten: «Dir sind sicherlich bereits die wunderbaren Weinberge dort droben am Berg aufgefallen.» Gemeinsam blickten sie hinauf zum Berg und dort oben, weit bevor die großen

Felsen die Stadt wie eine riesige Festung umgaben, erhoben sich die Weinberge mit ihren gleichmäßig angelegten Reben. Es war ein schönes, ruhevolles Bild. Die Struktur der Reben, angelegt wie grüne geografische Gemälde und im Hintergrund die gewaltigen hellen Sandsteinfelsen; groß und mächtig schienen sie diese Stadt zu schützen, aber auch auf gewisse Weise vom Himmel zu trennen. Es war Abend und die Sonne brach zum Horizont auf, sodass der riesige Schatten der Felsen die Stadt wie ein tiefes Tal erwecken ließ. Schnell suchte der Träumerling den Horizont und drehte sich zum Fluss, um in die Weite des Himmels zu blicken. Er atmete kräftig ein, wandte sich wieder Kaspar zu und bat ihn, fortzufahren.

«Nun, diese Weinberge gehören mir. Also, um genau zu sein, gehören sie der Stadt. Ich bin der Weinbauer dieser Stadt. Meine Trauben sind sehr köstlich und mein Wein bedarf eigentlich keiner Unterstützung, und doch lässt der Stadt die Vorstellung keine Ruhe, die Trauben sollten den besten Saft aller umliegenden Ländereien geben. Wir möchten den besten Wein hier bei uns anbauen und in alle Länder handeln.» Der Träumerling hörte aufmerksam zu. «Nun, jedenfalls wünschen wir, dass die Trauben bestmöglichen Genuss erbringen. Das ist mein Wunsch. Also bitte, kümmere dich darum und lass es geschehen.»

Herr Kaspar wollte gerade seinen Weg zurück in die Stadt antreten, da der Träumerling erwiderte: «Diesen Wunsch würde ich dir wohl gerne erfüllen. Doch auf das Wesen der Traubenpflanzen habe ich keinen Einfluss.»

Herr Kaspar lugte auf, und sein Gesicht wurde finster. «Was? Du sagtest, du kannst Wünsche erfüllen und das ist ein Wunsch. Das ist doch Betrug.»

«Nun», erklärte der Träumerling, «ich erfülle Wünsche. Und doch gibt es Dinge, die auch ich nicht mit dem Träumen beeinflussen kann.» Der Träumerling dachte nach und sann nach einem Rat. «Die Trauben wachsen besser, wenn der Weinbauer glücklich ist. Diese Gesetze kann ich nicht brechen ...»

Doch schnaubend vor grober Wut, lief Herr Kaspar bereits die Steigung zum Stadtkern wieder hinauf und schimpfte vor sich hin. «Das ist ja unerhört. Unerhört ist das! Ich werde das mit Alfred Allons besprechen.»

Der Träumerling konnte das Gefühl, das ihn durch diese Begegnung berührte, nicht erfassen, doch es trübte seine Stimmung tief und er vermochte kaum daran zu glauben, dass seine sehnlichen Hoffnungen über sein Wirken in dieser Stadt noch Wirklichkeit werden würden.

Während er noch immer in seinen Gedanken versunken war, sprangen die feinen Kieselsteine auf dem Weg erneut in alle Richtungen und jemand näherte sich mit kurzen, leichten Schritten. Ein schmächtiger Junge kam auf ihn zu. Feine Haare zierten sein kindliches Gesicht, er wirkte zaghaft und wagte kaum, den Träumerling direkt anzublicken. Er hielt etwas Abstand ein und blieb vor dem Träumerling stehen. Dabei senkte er den Blick zu Boden und bewegte den sandigen Kies mit der Fußspitze hin und her.

In seiner ungezwungenen Freundlichkeit fragte ihn der Träumerling: «Wer bist du?»

«Ich bin Alwin», antwortete der Junge und schaute erwartungsvoll zu ihm hinauf.

«Was kann ich für dich tun, Alwin?»

«Ich wünsche mir eine Zaubertrompete.» Dabei strahlten die Augen des Jungen.

Der Träumerling war überrascht. «Eine Zaubertrompete?»

«Ja, eine Trompete, die von selbst spielt. Die für mich spielt. Sie soll für mich lange Konzerte spielen können.»

Der Träumerling war verwundert. «Möchtest du das Trompetespielen denn nicht selbst erlernen?»

Die Stimme des Jungen wurde leise. «Das tu ich ja. Ich nehme Musikstunden beim alten Eweraldo in der Stadt. Ich denke, ich spiele ganz gut, nur wenn wir Auftritte haben, dann versage ich immer wieder. Ich kann nicht länger durchhalten als zwei Lieder. Ich bin nie gut genug.»

Der Träumerling schaute den Jungen tief an. «Wir sind alle so gut, wie wir sein sollen», sagte er sanft.

In seiner Verzweiflung konnte der Junge keines dieser Worte annehmen und seine Sorgen begannen aus ihm herauszusprudeln: «Mein Atem ist nicht stark genug, ich bin nicht stark genug.» Er hielt für einen Moment inne. «Sagt mein Vater», erklärte er. «Er sagt, ich lerne zu langsam. Müsste mehr Kraft haben und mir mehr Mühe geben. Wenn ich das nächste Konzert nicht bis zu Ende spiele, bekomme ich keinen Unterricht mehr.» Der Träumerling hörte ihm aufmerksam zu. «Er hat es gleich gewusst!», brach es aus dem Jungen heraus.

«Wovon sprichst du?», wollte der Träumerling wissen.

«Ach, mein Vater, er sagte gleich, dass ich nicht stark genug dafür bin, eine Trompete zu blasen. Nur starke Jungen haben einen langen Atem.» Seine Augen füllten sich mit jedem seiner Worte mehr mit Tränen, aber er hielt stand und ließ keine Träne entweichen.

Liebevoll sah der Träumerling ihn an und beugte sich zu ihm hinunter. Er nahm seine Hand und sprach zu ihm: «Manchmal, lieber Alwin, setzen wir alle Kraft in eine Sache, aber die Mühe bleibt vergebens. Nicht immer führt uns die Kraft oder die Mühe zum Ziel, manchmal müssen wir genau hinsehen.» Behutsam tippte er dem Jungen auf die Brust. «Weißt du, was man über den Atem sagt? Man sagt, der Atem sei die

Bewegung des Lebens. Es gibt Dinge im Leben die geraten in Vergessenheit, weil wir sie vergessen wollen. Wenn es uns zu sehr schmerzt, dass etwas an uns angezweifelt wird, ist es manchmal einfacher diesem Teil von uns weniger Aufmerksamkeit zu geben. Die Verbindung geht verloren. Dein Atem gehört zu dir und er ist immer genug. Genau wie du immer genug bist. Denn alles, was du bist und alles, was du brauchst, ist in der Welt gewahr und du kannst jederzeit davon Gebrauch machen, du musst dich nur dafür entscheiden.»

Plötzlich schwebte etwas an seinem Gesicht vorüber und der Träumerling sah sich um. «Sieh nur, ein Schmetterling!»

«Oh wie schön.» Alwin sah nach oben und betrachtete die zarten Flügel. «Was er wohl so nahe am Wasser macht?», fragte er sich.

«Er ist wohl deinetwegen hier», sagte der Träumerling.

«Meinetwegen?»

«Es gibt Tiere, die leiten uns im Leben, immer dann, wenn wir traurig sind oder keine Antworten finden, dann zeigen sie uns den Weg.»

Nachdenklich betrachtete der Junge das schöne Tier. Dann streckte er den Finger in die Höhe und der Schmetterling ließ sich darauf nieder. Nun lächelte Alwin das erste Mal.

«Er ist zu mir gekommen, zu mir! Warum gerade zu mir? Er sitzt auf meinem Finger!»

Der Träumerling konnte Alwins überraschte Freude in seinen traurigen Augen sehen. «Alwin, hör mal, ich möchte dir etwas sagen, das sehr wichtig ist.»

Alwin horchte aufmerksam zu.

«Mein lieber Alwin, was auch immer jemand zu dir sagen mag, dein Wert bleibt davon unberührt. Bitte vergiss das niemals!» Er legte Alwin die Hand auf die Schulter und drückte sie sanft. Und er spürte, wie dieses kleine wehe Herz wärmer wurde und wie diese sehnenden Kinderaugen erhellten.

Nach einer Weile flüsterte der Träumerling sachte: «Wusstest du, dass dieser schöne Falter einmal eine Raupe war?»

«Eine Raupe?»

«Ja, ein kleines unscheinbares Tierlein, dass den Mut hatte sich zu entfalten, sich zu wandeln in das Wesen, welchem Potenzial es im Innern entspricht.» Er ging in die Knie und sah Alwin an. «Wir alle sind Kinder dieser Welt, kleine unscheinbare Seelen, die ihre Kraft in sich tragen, welche nur darauf wartet, hinaus in die Welt zu dürfen, um zu wirken und ihrem Träger Flügel zu verleihen.»

«Flügel, wie diese von dem Schmetterling?»

Liebevoll schüttelte der Träumerling den Kopf. «Flügel auf deine ganz eigene Weise. Sie sind das, was dir Glück bringt und deine Kraft, die in dir steckt.»

Ruhig bewunderte Alwin den Schmetterling auf seinem Finger. «Vielleicht ist er auch für dich da», sagte er dann.

«Ich denke doch, er weist *dir* den Weg, lieber Alwin. Meine Flügel sind jenes Glück, dass ich hier mit dir sein und dir deinen Wunsch erfüllen kann. Ich denke, ich habe meine Flügel bereits.»

«Vielleicht will er dir auch nur zeigen, wie man damit fliegt», erwiderte Alwin.

Die beiden sahen sich an und für einen kurzen Moment trafen diese Worte den Träumerling tief in seinem Geist. Alwin hatte wirklich verstanden. Dieser kleine Junge hatte verstanden. Das Glück lag nicht darin, seine Flügel zu bekommen, sondern damit fliegen zu können. Das war die Botschaft des Schmetterlings. Und so war diese Begegnung – ob nun erkannt oder im Verborgenen – für den einen, ein ersehnter Wunsch-zauber und für den anderen weit mehr als dies.

Der Träumerling nahm die Hand des Jungen und legte sie ihm auf den Bauch. «Hole tief Luft und atme in deinen Bauch bis in deine Hand hinein.» Der Junge schaute ihn fragend an, aber er bemühte sich. Die Bauchdecke erhob sich.

«Und nun noch tiefer, schenke deinem Atem noch mehr Luft.» Und auch die Brust erhob sich nun.

Als der Junge erleichtert ausgeatmet hatte, begriff er, was die Worte des Träumerlings bedeuteten. Trotz des kurzweiligen Gefühls von wohltuendem Schwindel fühlte er sich seit langer Zeit wieder lebendig. Mit jedem weiteren tiefen Atemzug spürte er die Luft in sich hineinströmen und der Atem fühlte sich kraftvoll an. Er fühlte sich stark.

«Alles, was wir brauchen, ist da, auch deine Kraft. Mit deinem Atem holst du dir deine Kraft wieder zurück. Und wenn du in deiner Kraft bist, dann hast du auch einen langen Atem, mein lieber Alwin.»

Der Träumerling ließ die Hand des Jungen los und wandte sich zum Himmel. Er hob den Kopf und blickte zu den Wolken. Seine Augen leuchteten wie zwei Edelsteine, tief und geheimnisvoll. Auf seinen Lippen ruhte ein sanftes Lächeln, das er aus vollem Herzen zum Himmel hinauf trug. Seine träumenden Augen schienen mit dem Himmel verbunden zu sein und all das, was diese Augen jetzt sahen, musste großartig sein. Alwin fühlte eine Leichtigkeit in sich aufsteigen, wie er es nie zuvor gespürt hatte. Es stieß in ihm ein zartes Lachen vor Freude hervor, so sehr vermochte ihn dieses Gefühl zu berühren. Der Träumerling bemerkte Alwins bebendes Herz und nahm liebevoll seine Hand. Gemeinsam blickten sie zum Wolkenrand und ihre Welt stand für einen Moment still.

«Lieber Alwin, nimm deine Zaubertrompete und spiele darauf so lange es dich glücklich macht», sagte der Träumerling irgendwann und gab sie seinem Wünschling, «ich wünsche dir viel Freude damit und dass du eines Tages die Kraft findest, deine Melodien selbst zu spielen. Wenn dieser Tag gekommen ist und du die Zaubertrompete nicht mehr brauchst, gib sie einem Müden und lehre ihn den Atem des Lebens, wie er dir gelehrt wurde.»

Alwin nahm das Instrument an sich und seine glücklichen Augen leuchteten den himmlischen Helfer an. «Ich werde dein Geschenk in die Welt tragen. Ich danke dir für alles, lieber Träumerling.» Und wieder füllten sich seine Augen mit Tränen, aber diesmal ließ er sie entweichen und er lächelte erleichtert.

«Ich danke *dir*, liebster Alwin.»

Herr Kaspar begab sich zur selben Zeit schnellstmöglich in die beliebte Schankstube, wo sich Herr Allons am Abend für gewöhnlich aufhielt. Um ihn noch rechtzeitig vor dessen Nachhauseweg anzutreffen, nutzte er seine aufgebrachte Stimmung, um Kraft zu finden, den leichten Anstieg zu seinem Ziel in einem schnelleren Tempo zu erreichen als für gewöhnlich. Herr Allons war jedoch bereits nach Hause gegangen und widmete sich dem Abendmahl, nichts davon ahnend, dass ihn am folgenden Tag einer seiner Stadtbürger erwartete, um seine große Empörung kundzutun. Herr Kaspar beschloss somit, ebenfalls den Tag zu verabschieden und bereitete sich auf die Nachtruhe vor, um am nächsten Tag in aller Frühe Herrn Allons aufzusuchen. Doch es kam so, dass noch bevor Kaspar seine unfrohe Botschaft der gesamten Stadt verkünden würde, noch am selben Abend die ersten Wünschlinge hinab zum Fluss stiegen, um den Träumerling zu treffen. Sie alle hofften wohl, dass der Schein der Dämmerung ihre Absicht, dem jeweils anderen mit ihrem eigenen Wunsch zuvorzukommen, zu verbergen vermochte. Und so kamen mit jeder weiteren Stunde, in denen das letzte Licht des Tages wich, und jedem weiteren Stern am Firmament ein Dutzend mehr Stadtbewohner mit ihrem Wunsch. Der Abend verging und der Träumerling freute sich über die Menschen und deren Wünsche. Mit jedem Wunsch versuchte er mehr über die Menschen und die Stadt zu erfahren. Nur blieb wenig Zeit für Worte. Die Leute drängten sich an der Mauer entlang und warteten hintereinander gereiht darauf, endlich vom Träumerling empfangen zu werden. Kaum war ein Wunsch geträumt, wechselte das Gegenüber und ein neuer Wunsch strebte um Bemühung. In seiner natürlichen Freundlichkeit gab der Träumerling, was er zu geben vermochte, und keine Anstrengung konnte ihm den Anschein von Mühe entlocken.

Es war Nacht geworden, und der Träumerling schickte den letzten Wunsch dieses Tages hinauf zum Wolkenrand. Die Menschen waren gegangen, und auch die letzten Lichter in den Häusern wurden gelöscht. Die Stadt schlief. Nur das leise Plätschern des großen Brunnens war noch zu hören. Als schließlich die Straßenlaternen erloschen und damit wohl niemand mehr zu erwarten war, ging auch der Träumerling von schwerer Müdigkeit befallen, aber zufrieden und voller Freude über sein Wirken nach Hause. Der unbeleuchtete Weg zum Gemeindehaus hätte ihm mühsam werden können, wäre da nicht dieses Licht der Freude in seinem Herzen gewesen, das ihn behutsam und voller Vertrauen zu seiner bescheidenen Behausung führte.

Kapitel 3

Ein neuer Tag brach an. Der Träumerling erwachte in seiner kleinen, staubigen Kammer und freute sich über die schillernden Farben der Sonnenstrahlen, die auf sein großes altes Buch schienen und durch das glänzend goldene Emblem gebrochen wurden. Er sah hinüber zu seinem geschätzten Buch und erinnerte sich an den vorherigen Abend. Voller Zuversicht und mit sonnigem Gemüt beschloss er, heute Morgen zum alten Hubertus frühstücken zu gehen, so wie Madeleine es ihm empfohlen hatte. Auf dem Weg dorthin durchquerte er den schönen grünen Park. Es roch nach frischer Morgenluft und der Wind strich leise durch die Bäume. Die Blätter

der alten Hängebuche raschelten, als er vorbeilief und
der Duft des Flieders wurde mit den Luftbewegungen
durch den Parkgarten gewirbelt. Vergnügt erreichte er
die große Steintreppe, die zum Marktplatz führte und
stieg hinauf in die Stadt. Er stand vor der Pension und
sah durch die große, breite Scheibe. Die Gäste saßen an
den einzelnen kleinen Holztischen und nahmen ihr
Frühstück ein. Einige bedienten sich am üppigen Buffet
und wieder andere hatten in den stattlichen olivfarbenen
Stoffsesseln Platz genommen und lasen das aktuelle
Tagblatt. Die Stätte war nicht sonderlich groß, aber für
den Träumerling fühlte es sich an, als würde er gleich
eine Arena betreten, so verloren kam er sich plötzlich
vor. Er wagte kaum, einen Fuß vor den anderen zu
setzen. Seine Befürchtung, er könnte mit seiner Hoffnung auf diese Menschen scheitern, hielt ihn zurück.
Doch würde er zu den Menschen in dieser Stadt finden
wollen, kam er nicht umhin, diese Schritte zu gehen,
und so legte er entschlossen die Hände auf die lange
Messingstange der Karusselltür. Die Stange fühlte sich
kalt an, sie war an zwei breiten Stellen ganz matt; viele
Leute mussten hier schon ein und aus gegangen sein. Er
führte den Griff nach vorne und schritt durch die glä-
serne Tür. Die mit Holz umrahmten schweren Scheiben
bewegten sich nur langsam über den weichen Teppich-
boden, als er sie vorwärts anschob. Inmitten des Karus-
sells wurde es für einen Moment ganz still und er nutze

diesen Augenblick, um sich in seinem Mut wiederzufinden und seine Sorgen mit den drehenden Türschei-
ben wieder hinaus vor die Pension zu schieben. Er
selbst wollte eben heraustreten, da stieß ihn der Flügel
hinter ihm unsanft nach vorne.

«Trödle nicht so rum!», rief ein Mann zwischen den
Scheiben und der Träumerling gelang es gerade noch
rechtzeitig aus der Tür zu springen, ehe diese seinen
Fuß erwischt hätte und er in das Geschäft gestolpert
wäre. Da stand auch schon der Unholde hinter ihm. Er
war auffallend groß und blickte finster zu seinem über-
raschten Gegenüber hinunter. Noch etwas benommen
von dem Schreck, brachte dieser nur ein verlegenes
«Verzeihung», hervor. Als der Mann ohne jede Erwide-
rung weiterging, trat der Träumerling ein paar Schritte
weiter hinein und sah sich um.

Ein rundlicher Herr mit Schürze, die aus längst vergangener Zeit einmal ein reines Küchenweiß erahnen
ließ, kam auf ihn zu und der Träumerling spürte eine
feuchte Hand auf seine Schulter schlagen. «Ah, da ist ja
unser Träumerling. Schönen guten Morgen, mein
Lieber. Willkommen in meinem bescheidenen Haus.
Was kann ich dir Gutes tun? Wird es dir im Gemeindehaus zu eng?» Er lachte beherzt und laut, sodass die
umliegenden Tische aufmerksam wurden und die Gäste
sich unverhohlen darüber amüsierten.

«Ich möchte gerne frühstücken», sagte der Träumerling freundlich.

«Frühstück!», rief Hubertus aus. «Da musst du dich beeilen, die Frühstückszeit ist bald vorbei. Dann gibt es hier nichts mehr. Außerdem gilt hier die Regel, alles nur solange der Vorrat reicht, und eben ist der lange Rupert eingetroffen. Der isst mir, wenn ich nicht aufpasse, die Teller mit.» Damit verschwand er auch schon wieder hinter seinem Tresen und fing an, die Gläser zu trocknen. Der Träumerling sah ihm verwundert nach und versuchte, das Gehörte für sich gedanklich einzuordnen, aber da er hungrig war, beschloss er zu bleiben. Er beobachtete, wie Hubertus auf einige Gläser spuckte, um Rückstände vom Spülen mit einem großen gestreiften Küchentuch zu entfernen. Dies bewegte ihn dann doch dazu, nur an den Brotkorb zu treten und sich daraus eine lange Brotstange zu nehmen. In einer nebenstehenden Schüssel mit edlem Goldrand lagen kleine, einzeln in Papier gewickelte Butterstückchen. Davon nahm er sich zwei und suchte nach einer Bezahlmöglichkeit.

«Oh, ein bescheidenes Frühstück für den Träumerling», sprach ihn eine Stimme an. Suchend sah er sich um. Hinter ihm stand Wilbert, einer der vielen aufstrebenden Junggesellen, die einst mit krönenden Erfolgsgeschichten die Stadt nach außen hin repräsentieren sollten, jedoch nach kürzester Bewährungszeit wieder zurückkehrten, als ewig umsorgte Söhne der Stadt, und die beharrlich den Anschein wahrten, noch immer deren würdige Hoffnungsträger zu sein. Wilbert grinste ihn spöttisch an.

«Guten Morgen», sagte der Träumerling und wartete darauf, ob auf die leeren Worte schließlich eine Aussage folgen möge. «Ich möchte gerne bezahlen, wo ist denn hier die Kasse, bitte?», fragte der Träumerling höflich.

«Wo denkst du hin, glaubst du ich arbeite hier? Schau doch einfach mal zum Fenster raus und blick in die Wolken, vielleicht können die es dir ja sagen.» Er lachte erneut in schallendem Ton und schlappte weiter. Noch während die durch das fragwürdige Betragen von Wilbert ausgelöste Stille in seinem Innern anhielt, rief der alte Hubertus von der Theke aus, er solle einfach drei Taler auf den Tresen legen. Neben dem Brotkorb stand eine Kreidetafel, auf der in Schönschrift die Preise für diverse Backwaren aufgeführt waren. Das Baguette war deutlich mit einem dreiviertel Taler ausgezeichnet und die Butter müsste schon aus der Milch von Königs-kühen geschlagen worden sein, um diese Rechnung zu erklären. Doch der Träumerling griff in seine Taschen, nahm die drei Taler heraus und legte sie an besagte Stelle. Die Leute schauten ihm dabei zu. Viele davon waren am Abend zuvor bei ihm gewesen und hatten sich etwas gewünscht, aber keiner von ihnen kam zu ihm, um sich mitzuteilen. Einige wenige murmelten ein flüchtiges «Guten Morgen», andere waren vertieft in ihr Essen und ihr Morgenblatt, hinter welchem sie sich versteckt hielten. Es war zu bezweifeln, dass es irgendjemandem in diesem Raum entgangen war, dass der Träumerling hier war und dass er nach dieser langen Nacht nicht mehr zu seinem Frühstück kommen sollte.

Als er wieder hinausging, verabschiedete er sich still in Gedanken von der Vorstellung, hier viele verbundene Lebensbegleiter zu finden. Es war, als würden die Menschen in dieser Stadt für nichts und niemanden Verwendung finden, ausgenommen für diese Stadt und ihr Ansehen. Seine Gedanken begleiteten ihn den ganzen Weg bis hin zu seiner Mauer am Fluss. Er erblickte das klare, kraftvolle Blau des Wassers und ihm war, als würden seine Sorgen mit den Wellen davonziehen. Das Brot roch nach frisch gebackenem Teig und endlich durfte er seine erste Tagesmahlzeit genießen. Er ließ die Beine baumeln und genoss das Naturgemälde vor seinen Augen. Es war noch früh am Tag, also beschloss er nach einiger Zeit, hinauf in die Stadt zu gehen und sich auf dem Marktplatz umzusehen. Die Marktstände waren bereits aufgebaut und die Marktleute packten ihre Güter aus und verteilten die Ware sorgfältig auf der Auslage. Vor dem Gemüsestand sah er einen großen geflochtenen Einkaufskorb stehen. Er war bis oben hin gefüllt mit herrlich sonnengereiften Tomaten. Die Innenseite war mit einer karierten Stoffserviette ausgelegt. Das

Dunkelgrün der Karos rief eine Erinnerung in ihm wach, und ja, im selben Augenblick, als ihm diese in den Sinn kam, griff Madeleine nach dem Korb und er wusste, dass dies nur ihre Tomaten sein konnten.

Sie lief in seine Richtung. «Guten Morgen!», sagte sie und lächelte ihn an. «Was ist mit dir?»

Er überlegte, wie er sich erklären könnte, ohne allzu unzufrieden zu klingen. Dann entschied er sich seinem Empfinden nach zu sprechen. «Ich komme nicht weiter. Es ist schwierig. Er senkte die Lider. Wie könnte ich etwas in Worte fassen, was ich selbst nicht verstehe.»

Einfühlsam legte Madeleine den Kopf zur Seite und schaute ihn geduldig an, als würde sie sich alle Zeit der Welt nehmen, um zu hören, was er auf seinem Herzen trug. So vieles beschäftigte ihn, über so vieles dachte er nach und noch so vieles mehr versuchte er zu verstehen. All das trug er auf seinem Herzen. Er bemühte sich, diese Stadt mit jedem ihrer Menschen in sein Herz aufnehmen, aber all diese Lasten, die sich darauf niedergelegt hatten und es schwer anfühlen ließen, verschlossen auf seltsame Weise den Weg dorthin.

«Versuche es», befreite sie ihn aus seinen klopfenden Gedanken.

«Sie möchten, dass die Trauben besser wachsen», ging es ihm über die Lippen. «Die besten Trauben in der Gegend.»

Sie schaute ihn voller Verständnis an. «Ich verstehe.»

«Mein Träumen hat auf diese Dinge keinen Einfluss», fuhr er fort. «Die Natur ist, wie sie ist und bleibt, wie sie ist. Niemand kann darauf Einfluss nehmen, nur sie selbst ist ihre Herrin. Das ist eine wichtige Lehre dieser Welt.»

Madeleine klärte ihn auf. «Die Trauben werden von Jahr zu Jahr ungenießbarer, sie wenden sich von der Stadt ab. Die Menschen wissen nicht, was sie tun sollen. Die Trauben sind ihr Hab und Gut. Damit haben sie schon immer Handel betrieben. Sie stehen für diese Stadt.»

Der Träumerling zeigte sich unberührt: «Die Frucht erblüht, wenn der Bauer mit der Natur im Einklang ist.»

Madeleine sah ihn zweifelnd an. «Was bedeutet das?» Sie ahnte, dass die Stadtbewohner dies nicht erfüllen würden.

«Dass er glücklich ist. Wenn wir glücklich sind, sind wir in der Welt angekommen.»

«Dann ist es an ihnen.»

Der Träumerling stimmte schweigend zu. «Ich befürchte nur, dass ihnen diese Antwort nicht genügt», sagte er bekümmert.

«Sie müssen sich damit begnügen. Erkläre es ihnen und sie werden verstehen», ermunterte Madeleine ihn.

«Ja, das werde ich.»

Eben in jenem Moment, wie die beiden dort auf dem großen Platz standen, bewegten sich die Befürchtungen

des Träumerling auf sie zu und eine Menge von Stadtbewohnern näherte sich ihnen. Es wurde gemurmelt
und geraunt, sich lauthals ausgetauscht und es kamen
von allen Seiten immer mehr Menschen hinzu, bis sie
schließlich bei Madeleine und dem Träumerling stehen
blieben und sich um sie herum aufstellten. Wären diese
Leute ihnen nicht vertraut gewesen, hätten sie sich wohl
umgehend zurückgezogen. Ein jeder auf diesem Platz
wusste mit Bestimmtheit, worum es ging, so auch der
Träumerling. Also blieb er ruhig stehen und blickte in
die Menge, aus der nun eiligst Herr Allons mit Kaspar
an seiner Seite heraustrat und auf ihn zuschritt.

«Was kommt mir da zu Ohren, Träumerling?»,
begann Herr Allons mit zusammengezogenen Augenbrauen zu sprechen. «Kaspar erzählte mir, du verwei-
gerst ihm unseren Wunsch!» Und ohne den Träumerling
dazu etwas entgegnen zu lassen, fuhr er harsch fort: «Du
bist hier, um uns unsere Träume zu erfüllen, dann mach
auch deine Arbeit. Jeder erfüllt hier seine Pflichten, das
gilt auch für dich.»

Madeleine mischte sich ein: «Es ist nicht nötig, diesen
Ton anzuschlagen. Besinnen wir uns doch auf unsere
Höflichkeit und Anstand.»

Herr Allons hob die Brauen und atmete einmal tief
durch, indem sein Blick prüfend von oben nach unten
über Madeleine und den Träumerling schweifte. «Nun
gut», sagte er dessen ungeachtet, «dann beginne ich mal

hiermit. Träumerling, ich muss sagen, ich bin sehr enttäuscht, dass du deine Pflichten nicht erfüllst. Ist das der Dank dafür, dass wir dich hier so herzlich aufgenommen haben und dir ein gemütliches Heim gegeben haben?» Madeleine zog ungläubig eine Augenbraue hoch und sah ihn scharf an. Dieser ignorierte die Geste gekonnt und widmete sich wieder dem Träumerling zu. «Wenn du uns nicht helfen kannst, wozu bist du dann ein Träumerling? Und wozu hier bei uns?»

Der Träumerling wandte sich an die Menge: «Ich kann euch helfen», sagte er laut.

Die Menschen riefen durcheinander und empörten sich: «Wie hilft er denn? Er sagt doch er hat keinen Einfluss auf die Lese.»

«So hört doch meine Worte», warf der Träumerling langmütig ein. Seine sanfte Stimme war kaum zu vernehmen in diesem lauthalsen Argwohn der Leute. «Die Trauben stehen für den Geist eurer Stadt. Wenn der Geist einer Stadt nicht gesund ist, dann wachsen die Trauben schlecht.»

Hohn und Ärger trafen ihn aus der Menge. Einzelne fingen an zu lachen. «Was soll denn das nun wieder bedeuten? Nicht gesund!»

«Nicht glücklich!», versuchte der Träumerling zu erklären.

«Wie kann denn eine Stadt glücklich sein?», rief eine Frau ihm zu. «Was erzählt er da bloß für einen Unsinn!»

Der Träumerling blieb standhaft. «Die Menschen wirken auf den Geist dieser Stadt mit all ihrem Sein. Mit ihren Worten, ihren Gedanken und ihrem Tun.»

Kaspar mischte sich ein: «Diese Stadt ist voller Blumen und alles ist ordentlich, die Leute arbeiten und sind fleißig, das würde man doch als fromm bezeichnen.»

«Durchaus. Es ist eine wahrhaft schöne Stadt und die Weinberge sind eine Pracht, von Mühe erbracht. Doch der Geist einer Stadt wird getragen von den Herzen der Menschen. Wenn sich die Herzen verschließen, schwindet auch der Geist. Wir mögen ein Haus schmücken oder einen Garten mit Blumen anlegen, unsere besten Schuhe und allgemeine Höflichkeit tragen, aber schmücken wir das Leben und die Welt auch mit unseren Herzen? Mit all dem, was wir zu geben haben?»

Doch es schien, als gingen seine Worte gemeinsam mit der Geduld der Leute verloren. Immer wieder erreichten lose Zurufe sein Gehör: «Aber unsere Stadt ist die schönste weit und breit!»

Er bemühte sich entschieden weiter: «Gewiss, doch die wahrhafte Schönheit unserer Herzen lässt uns die Dinge um uns herum ohne große Mühe als schön erkennen. Eine Stadt kann voller Glanz und Reichtum erstrahlen, doch wenn ihr Geist fehlt, wird keine Mühe währen und nichts und niemand wird den ersehnten Frieden herbeiführen können.»

«Unerhört!», rief einer der Stadtbewohner aus. «Unerhört!», wiederholten nun auch die anderen. «Du bist hier, um uns unsere Wünsche zu erfüllen und nicht, um uns Unsinn zu erzählen. Wir haben hier eine wunderschöne Stadt, die wir mit viel Mühe aufgebaut haben und täglich schuften wir dafür, dass das auch so bleibt. Wie kannst du es wagen, uns anzuzweifeln.» Verärgert stapften die Leute von dannen.

Auf einmal rief Herr Kaspar hastig: «Wartet!» Die Menschen hielten ein. Langsam erhob er immer mehr seine Stimme und verschaffte sich größte Aufmerksamkeit: «Die Weinlese kann er nicht beeinflussen, die Trauben werden immer schlechter. Sie werden uns weder Ansehen noch genügend Taler einbringen.»

Als gewählter Schatzmeister der Stadt tat es seiner Eitelkeit keine Wonne, eine leere Stadtkasse vorführen zu müssen. Die Menschen tummelten sich langsam wieder ein und lauschten Kaspars Worten. «Wenn sie also nicht weiter wachsen wollen, dann eben nicht. Dann kann uns der Geist der Trauben gestohlen bleiben.» Diese Worte stachen dem Träumerling wie ein Messer in die Brust. Er atmete einmal tief ein und blickte hinauf zu den Bergen. Doch seine Aufmerksamkeit galt unmittelbar wieder Herrn Kaspar, dessen weitere Worte seinen Kopf durchdrangen: «Was wäre, wenn die Trauben aus Gold wachsen würden?» Erwartungsvoll schaute er in die Menschenmenge, seine

Augen funkelten wild und bewegten sich voller Gier durch die Menge. Es war kein Vergnügen, dies mit anzusehen. Für einen Moment schien die Zeit still zu stehen. Ein Raunen dröhnte durch die Anwesenden, und auch hier erwachte ein gewisses Funkeln in den Augen der Leute, das wahrlich nicht von Glorie zierte. Dies begann den Träumerling über die Maßen zu beunruhigen.

Hastig wurde ein Kreis gebildet und der Träumerling stand in dessen Mitte.

«Bitte, bitte meine Lieben – also, also ... ich darf doch sehr bitten.» Herr Allons hatte die Angewohnheit einzelne Worte zu wiederholen und erhoffte sich damit, mehr Gehör zu finden. «Dies ist eine Angelegenheit für die Mitglieder des Magistrats sowie ganz besonders für unseren Winzer Herrn Kaspar.» Er hielt auffordernd die Hände in die Luft. «Ich bitte um Ruhe! Herr Weinmeister», sprach Herr Allons Kaspar schmeichelnd an und beinahe unbemerkt schwoll dieser seine Brust vor eitlem Stolz. «Sie meinen also, der Träumerling solle unsere Trauben aus purem Gold wachsen lassen?» Und auch er schien mit seinem ausstechenden Grinsen davon keineswegs abgeneigt zu sein. «Ich muss schon sagen, Kaspar, ein guter Schachzug. Ein sehr guter Schachzug.» Er nickte genugtuend mit dem Kopf. «Was sagst du dazu Träumerling, damit hättest du nicht gerechnet, was?»

Verwundert sah der Träumerling zu ihm hinüber und antwortete bedächtig: «Die Natur ist kein Spiel. Sind die Weintrauben erst zu Gold gewünscht, sind die Reben vergangen. Ihre Kraft kehrt nie wieder zurück und ihr hättet nur noch diese eine Lese.»

«Aber eine goldene Lese!», warf eine rundliche Frau mit hell geröteten Wangen ein.

Der Träumerling erklärte weiter: «Ihr könnt die Weinlese heilen und so würden eure guten Trauben euch über lange Zeit nähren.»

Keines der gierigen Gemüter erfasste mehr seine Worte. «Das Gold nährt uns mehr!», rief Kaspar in die Menge. «Die anderen Städte und deren Händler werden Augen machen. Ihrem Hochmut über ihren feinen Wein werden sie nun verlustig gehen. Sie alle werden zu uns aufschauen und unsere Trauben bewundern.»

Seine Freude galt nicht geringer der Tatsache, dass die fremden Händler ihnen die goldenen Weintrauben wohl für viele Taler und Güter aus den Händen reißen würden. Dem Träumerling ging die Bedeutung der Schwäche dieser Menschen über ihre Gier in ganzer Größe auf, doch sein gütiges Gemüt wagte kein Urteil darüber zu treffen. Er stand in all seiner Würde vor ihnen, und doch vermochten sie nicht ihn zu sehen. Nicht seine Güte, nicht seinen Segen, nicht seine Liebe. Er merkte wohl, dass es an der Zeit war, diesen Platz zu verlassen, um nicht weiter in Ungnade bei den Menschen zu fallen.

«Warte Träumerling!», rief Herr Allons ihm nach. «Was ist mit unserem Wunsch? Wir wollen die goldenen Trauben, also fang schon an zu träumen!» Er zwinkerte ihm übermütig zu. Der Träumerling gewährte der Stadt ihren Wunsch und ging von dannen. Madeleine sah ihn beschämt vom einfachen Gemüt ihrer Mitbürger an und versuchte, ihn mit einem sanften Lächeln zur Zuversicht zu bewegen. Aber er lief unbeteiligt mit gesenktem Kopf und schwerer Brust davon. Er bewegte sich das Gefälle hinab zum Gemeindehaus, blickte in die Ferne über den Fluss hin zu den grünen Wäldern, die ihm in seiner Vorstellung die leichte Luft versprachen, die er gerade in sich selbst misste. Sein Atem bewegte sich treu weiter, doch sein Zutun blieb aus, seine Brust war so schwer und sein Gemüt so träge, dass jeder Atemzug schwer fiel.

Als er das Haus erreichte, hatte sich der Himmel zugemacht und die Wolken begannen die Last der letzten Tage abzulassen. Der Himmel schien zu weinen und der Träumerling versank in einem Tränenmeer. Für Stunden saß er dort und tauchte ein in das Werk der Wolken. Mit jedem Regentropfen, der hinab zu Boden sank, wurde eine Sorge mehr davon gespült und als die Wolken weitergezogen waren, fühlte sich alles schon etwas leichter an. Er blickte auf das letzte Licht des

Tages und wandte sich zur Eingangstür. Schwer legte er seine Hand auf die eiserne Türklinke und betrat das leere Haus, begleitet von dem so vertrauten Knarren der Tür. Die Kammertür war geöffnet und er blickte unbekümmert hinein auf die bescheidene Einrichtung. Ein Windstoß bewegte die Tür ein wenig und es schien, als wollte sie ihn mit ihrem Quietschen verspotten. Er setzte sich, nahm seine Mütze ab und legte sie in seinen Schoß. Als er sie in den Händen hielt und den samtigen schweren Stoff spürte, betrachtete er die Mütze und das goldene Schimmern der Zierknöpfe auf dem großzügigen Saum glänzte ihn an. Die Knöpfe trugen das Wappen der Träumerlinge im Relief. Er tastete die Erhebung und polierte das Gold der Knöpfe liebevoll mit seinem Daumen. Dabei musste er lächeln. Er dachte an den Moment, als er dieses Wappen zum ersten Mal sah. Es war, als er das Buch der Träumerlinge vor langer Zeit bekommen hatte. Die Weisheit der Träumerlinge war darin verborgen und einzig einem Träumerling wurde dieses Buch gewahr. Das große alte Buch hatte in seinen Armen gelegen und er vermochte es kaum zu halten. Ein starkes Gefühl überwältigte ihn damals. Lange hatte er sich ersehnt in der Welt zu wirken, die Menschen zu leiten und sie durch diese Welt zu tragen. Seine Bestimmung war da, und nichts und niemand konnte ihn gar mehr erfüllen als diese Aufgabe. Endlich hatte er dieses Himmelsgut aus den ewigen Zeiten anvertraut bekommen, um nun seinen Weg als Träumerling zu gehen. Doch nicht die unzähligen Seiten aus feinem Seidenpapier überwältigten ihn, es war die tiefe Weisheit, die dieses Buch trug. Weisheit. Das war jenes Gut, das er jetzt brauchte. Er kam mit seinem Wohlwollen und seiner Zuversicht nicht weiter. Er fühlte sich ratlos und erhoffte sich eine Eingebung. «Wer könnte ihm nun eher den Weg zeigen als die Weisheit», dachte er bei sich, und so beugte er sich entschlossen über die Matratze und griff nach dem Buch, welches in der Ecke neben dem alten Besen lag. Es war angelehnt an der rauen, kalten Wand, einzelne Stücke der Tapete hingen herab und andere waren in Gänze herausgerissen. Aber das Buch strahlte all dieser Verkommenheit zum Trotze in seiner würdigen, nostalgischen Pracht. Behutsam legte er das Buch in seinen Schoß. Er betrachtete den edlen Einband und spiegelte sich in dem großen goldenen Emblem. «Die Weisheit der Träumerlinge», flüsterte er leise. Er öffnete das Buch und begann die Seiten zu lesen.

Lieber Träumerling,
die Menschen sind im Grunde ihres Herzens gut. Wir geben
ihnen Hoffnung. Durch unsere Güte finden sie ihr Glück.
Ganz gleich, wie fremd du dich fühlst und wie einsam dies dein
Herz für dich erscheinen lassen mag, deine Bestimmung wird

die Menschen zu dir führen und deine Güte wie auch deine
Liebe werden dir stets Erfüllung bringen.
Dies ist die Weisheit der Träumerlinge.

Als er diese Zeilen las, fühlte er die feinen Papierseiten des Buches und spürte in seinem Herzen eine tiefe Liebe. Eine Liebe zu dem, was ihm gegeben war – seine Gabe. In ihm stieg Hoffnung auf. «Wenn diese Menschen es verstanden, eine Stadt zu schmücken, sie zu pflegen und eine liebenswerte Umgebung zu erschaffen, dann steckte all diese Schönheit auch irgendwo in ihnen.» Er richtete sich auf. «Manchmal zeigt sich das Wesen eines Menschen fast unbemerkt in scheinbar unbedeutenden Dingen, die er tut.» Und mit jedem Gedanken kam in ihm einmal mehr die Hoffnung auf, in dieser Stadt seinen Weg zu finden – zu diesen Menschen.

So vergingen die Tage und Wochen in der nun für ihre goldenen Trauben bekannten Stadt. Die Menschen strömten her aus allen Ländern und wollten die Trauben sehen. Hunderte von Händlern aus aller Welt bekundeten ihre Bewunderung und rangen sich um die raren Kaufangebote der einzelnen goldenen Trauben. Niemand wusste, wie viel Taler im Beutel von Herrn Kasper landeten, doch die Stadt wurde reicher und reicher – an Talern und Ansehen. Überall, bis in weite Ferne wurde von der Traubenstadt gesprochen und die

Tagesblätter füllten ihre Seiten mit Nachrichten über die beneidenswerten Einkäufe der Länder und die stolzen Errungenschaften ihrer Statthalter. Die Stadtbewohner genossen ihren Ruhm und ihren Reichtum. Und doch vergaßen sie dabei gänzlich die Würde wahren Reichtums. Reichtum, der ein Segen war. Ein Segen, der jeden Tag auf sie wartete, geduldig auf einer kleinen Mauer sitzend mit Liebe und Güte im Herzen und voller Wohlwollen, ihnen das wahre Glück zu bringen. Aber der strahlende Glanz des Reichtums blendete die Menschen dieser Stadt so sehr, dass sie all dies nicht erkennen konnten.

Der Träumerling folgte weiter seiner Bestimmung und empfing die Wünschlinge. Die Tage vergingen und er fügte sich in das tägliche Geschehen der Stadt mehr und mehr ein. Mit dem Vergehen der Zeit wurde es erträglicher und er gewann so manche kleine Glücksmomente mit einigen Menschen in der Stadt. Aber wahrhaft wohl und geborgen fühlte er sich nur in Gegenwart seiner Freundin Madeleine. Sie war es, die ihm zuhörte, ihn stets aufzumuntern vermochte mit ihrer herzlichen Art und vornehmlich mit ihren duftenden fröhlich bunten Quiches, ohne die er keinen Tag mehr verbringen wollte. Jeden Tag ging der Träumerling zu Madeleine in den Park und genoss eine ihrer fabelhaften Quiches. Nichts konnte ihn mehr in andere Welten versetzen als diese warmen, wohlschmeckenden Gemüsekuchen. Wenn Madeleine ihn fragte, ob er mit ihr noch einen Traubensaft trinken würde, waren dies die Worte, welche sein herrlichstes Strahlen hervorbrachten. Es gab kaum eine Beschäftigung, die er mehr genoss als mit ihr am Weiher zu sitzen, süßen tiefroten Traubensaft zu trinken und den geheimnisvollen Libellenflug am Wasser zu beobachten. All dies, umgeben von lieblichem Rosenduft, der in der Luft lag. Er fragte sich dann, ob die Welt schönere Momente als diese schenken könnte. Und doch, da gab es etwas. Seine Gabe. Sie war das größte Geschenk, das er zu geben hatte, aus seinem ganzen Herzen, und alles, was ihn auszumachen schien. Er begann, sich allen Widrigkeiten zum Trotz immer mehr zu Hause zu fühlen. Doch übersah er, dass ein anderer Teil in ihm dieser Zuversicht nicht zu folgen vermochte, und so löste sich, auch nach all der Zeit, die Schwere auf seiner Brust nicht auf und er begann sie allmählich gänzlich im Schein des Vergessens zu verwahren.

Die Zeit verging und schon bald wurde von den warmen Tagen Abschied genommen. Die Welt ließ ihr Antlitz in warmen Erdtönen erglühen und die Geister des Lebens überließen den Menschen die Stille der Dankbarkeit. Es wurde ruhiger in der Stadt und auch die Herzen wurden ruhiger. Schon bald erlagen der Übermut und die Gier über die goldenen Trauben der besinnlichen Zeit zwischen den Jahren und all der Ruhm wurde schnell vergangene Legende.

Kapitel 4

Es war früh am Morgen, als der Träumerling den Tag begrüßte. Dichter Dunst bedeckte den Weg und dünne Nebelschleier verdeckten die Sicht. Das frühe Licht bewegte sich sanft wie pastelliger Perlmuttstaub durch den Nebel und kündigte leise die nahende Jahreszeit der Blüte an. Die vergangenen kalten Monate hatten Ruhe und Einsicht in des Träumerlings Herz gebracht, und er war bereit, sich allem anzunehmen, was die Bestimmung für ihn vorsah.

Madeleine stand mit ihrem Marktwagen auf dem großen Platz. Die Fensterläden waren geschlossen und die Markisen eingefahren. Ein großer Koffer aus dickem, braunem Leder und eine Strohtasche standen neben ihr auf dem Boden. Sie trug einen eleganten Schlapphut in malvenfarben, unter dem sie hervorschaute. Wie üblich lächelte sie den Träumerling sanft an.

Er lief auf sie zu. «Guten Morgen, Madeleine.»

«Guten Morgen, mein Lieber.»

«Was tust du hier?», fragte er sorgenvoll. «Warum steht dein Wagen hier oben?» Noch bevor sie antworten konnte, erhob er die Stimme und fragte eilig weiter: «Was hat das Gepäck zu bedeuten?»

Sie legte ihre Hand auf den Koffer. «Das brauche ich für meine Abreise», antwortete sie.

«Du gehst fort?», fragte er erschrocken.

Madeleine sah ihn schweigend an. Dann sagte sie: «Ich ziehe weiter.»

Der Träumerling kam näher an sie heran. «Aber warum? Und wohin? Du bist hier zu Hause!»

«Zu Hause bin ich in meinem Herzen, mein Freund. Meine Quiches haben alle genährt, die genährt werden mussten.»

Obwohl er merkte, dass es beschlossen war, teilte er seinen Versuch mit, sie umzustimmen: «Aber ich brauche dich hier. Was soll ich ohne deine Quiches machen!»

Madeleine schaute zum Kaufladen und betrachtete das Holzschild. «Es gibt überall hungrige Herzen.»

«Du meinst hungrige Mägen.»

«Ja, Träumerling – hungrige Mägen», schmunzelte sie. Sie legte ihre Hand auf seine Schulter und blickte ihn ernstlich an: «Hör mal, mein liebster Träumerling, es gibt etwas, das ich dir sagen muss, noch bevor die Stadt erwacht und sich mitteilt.» Er war noch immer sehr aufgebracht und sah Madeleine verwundert an. Sie senkte ihre Stimme: «Die Menschen dieser Stadt möchten sich mit einem großen Wunsch an dich wenden.» Sie hielt einen Moment lang inne. Er versuchte, sich zu sammeln. «Sie wollen den Fluss bändigen. Er soll ruhig und schön an der Stadt vorbeifließen. Am Ufer sollen weiße Hortensien gepflanzt werden. All überall sollen Blumen den Rand des Flusses zieren. Er darf niemals ausbrechen, sonst würden die Blumen vergehen.»

«Ich verstehe nicht.» Er sah sie fragend an.

«Er ist ihnen zu stürmisch, zu unruhig. Sie wollen eine gepflegte Stadtgrenze, jeder soll es sehen und sie für die Schönheit ihrer Stadt bewundern.»

Der Träumerling begann zu begreifen. Er entsann sich seinem tiefen Empfinden zu jener schweren Zeit, als er in diesem blauen Wesen einen tröstenden Gefährten gefunden hatte. «Der Fluss ist Teil dieser Stadt. Ein Fluss formt sein Flussbett im Laufe der Zeit eigenständig, auf seine eigene Weise, er fließt mal ruhig, mal wild, wie das Leben selbst. Können sie seine Botschaft denn nicht hören?» Er schaute in die Ferne und seine Augen suchten nach Erklärungen. «Was ist mit den Steinen?», überlegte der Träumerling. Sein nächster Gedanke traf ihn wie ein Blitz und er wagte kaum weiter zu fragen: «Und mit der Mauer?»

Madeleine wurde still und schaute ihn mitfühlend an. «Sie wollen die Mauer verschwinden lassen. Dafür möchten sie die Blumen. Es tut mir leid, mein Freund, ich weiß, wieviel dir dein Plätzchen auf der Mauer bedeutet.» Er sagte nichts. Stillschweigend stand er neben Madeleine, die erwartungsvoll auf seine Worte hoffte. Aber die Worte blieben aus. Jegliche Regung blieb aus. Langsam berührte Madeleine seinen Arm. «Mein lieber Freund, ich weiß, dass du alles tust, um diese Menschen glücklich zu machen. Selbst deine inneren Widerstände treibst du davon, nur, um sie im Glanz zu sehen. Aber es ist Zeit, die Dinge so zu erkennen, wie sie wahrlich sind. Höre darauf, was dein Herz dir sagt!»

Der Träumerling wurde traurig. «Ich weiß nicht, was mein Herz mir sagt. Ich kann es nicht hören. Es ist verstummt.»

Madeleine wurde nachdenklich. «Wie hört sich denn das Herz an?», fragte sie.

«Das Herz spricht sehr leise. Es ist die schönste Stimme, die du dir nur vorstellen kannst.» Er lächelte voller Sehnsucht tief in sich hinein.

«Und du kannst nichts hören?»

Der Träumerling versank in Schwermut. «Nur meine lauten klopfenden Gedanken.»

«Gedanken worüber?»

«Über die Menschen. Was sie tun und was sie nicht tun. Was ich tun sollte und was ich nicht tun sollte.»

Madeleine schaute ihn bedauernd an. «Vielleicht ist dein Herz gar nicht verstummt.»

«Was meinst du?»

«Deine Gedanken formen dein Dasein in dieser Stadt. Bei allem, was hier geschieht, bei allem, was dir zugetragen wird, allem, was diese Menschen tun oder sagen, erleichterst du dir deine Sicht über die Dinge mit deiner Verstandeskraft. Wenn das Herz so leise spricht, dann sollten deine Gedanken sich zur Ruhe legen und in der Stille wirst du es hören können. Die Menschen kann man sich nur mit dem Herzen erklären.»

Ihre Worte wurden gestört durch ein lautes Gemurmel und Raunen. Eine Gruppe von Menschen näherte sich aus Richtung der Wohnhäuser. In jenem Moment wurde dem Träumerling ganz schwer im Magen und er blickte Hilfe suchend zu Madeleine, die ihm verbindend zunickte. Er spürte, dass dies eine unglückliche Überredung gegen seinen Willen werden würde, und er wusste auch, dass er ihr Vorhaben in seinem Herzen nicht dulden wollte. Der Fluss war für ihn wie ein vertrauter Freund geworden, ein Wegweiser und Haltgeber, der ihm mit seinen stürmischen Strömen in seinem eigenen tobenden Herzen stets Ruhe gegeben hatte. Nichts vermochte ihm mehr Zuversicht in dunklen Stunden zu geben, als das wilde, ungezähmte blaue Wasser, das den Fluss zu einem der freien Geister dieser Welt macht, die uns die Richtung weisen.

«Ah, da ist er ja!», rief Herr Allons allen voran und lief auf sie zu. «Der Träumerling der Stunde», versuchte er sich die Aufmerksamkeit zu erschmeicheln. Er hielt die Arme ausgebreitet vor sich und bewegte sich gemütlich wankend auf die beiden zu, bis er sich schließlich zu ihnen dazustellte. Dabei verlor er seine Anhängerschaft von Gemeindevertretern nicht aus den Augen und schielte rücklings über seine Schulter, um sich darüber zu vergewissern, dass er seine Gefolgschaft auch im Rücken hatte. Erwartungsvoll stand der Träumerling nun vor ihm. Allons verlor keine Zeit, sein Anliegen vorzubringen: «Guten Morgen.» Er neigte den Kopf zur Seite und sah Madeleine durchdringend an. «Madeleine», begrüßte er sie nüchtern.

Ohne auch nur eine Gesichtsregung zu zeigen, entgegnete sie: «Alfred.»

Er wandte sich wieder zum Träumerling hin: «Gut, dass wir dich gefunden haben. Wir haben eine wunderbare Nachricht für dich.» Ruhig und geduldig hörte dieser zu. Er nahm seine Mütze ab und hielt sie in seinen Händen, um sich an irgendetwas festzuhalten. «Du darfst uns helfen, diese Stadt noch schöner zu machen.» Herr Allons setzte ein maskenhaftes Lächeln auf. Sein Gesicht wirkte wie von unsichtbaren Fingern an den Mundwinkeln nach oben gezogen, denn seine Augen und sein Schein sprachen eine andere Sprache. Allons beherrschte die Kunst der emotionalen Maskerade wie kein anderer. «Stell dir vor, Träumerling, unsere Stadt, schön wie ein Gemälde, umrahmt von prächtigen Blumen. Leise plätschert ein glitzerndes Gewässer an der Stadt vorbei, höflich und anmutig wie die Stadtbewohner selbst.» Er hob überlegen seinen Kopf und drehte sich zu den anderen um, die ihm genugtuend zustimmten. Eben, wie der Träumerling nach Worten suchte, führte Herr Allons geschwind seine Ausführungen fort: «Jedenfalls möchte ich ...», er korrigierte sich förmlich, «selbstverständlich, *die Stadt* möchte einen Wunsch von dir erfüllt bekommen und zwar eben jenen, welchen ich dir soeben so vorzüglich vorgestellt habe. Die Stadt wünscht sich, dass dieses wilde Ungetüm von Gewässer endlich gebändigt wird.»

«Alfred!» Madeleine wusste, wie viel dem Träumerling dieser Fluss bedeutete. Ihre Augen glühten vor Unmut. «Diese Mauer am Fluss war all die Zeit über hier sein Plätzchen, das weißt du genau!»

«Ich bitte dich, Madeleine! Er wird gewiss einen anderen Platz finden», tat er sie belustigend ab. «Nicht wahr, mein Guter!» Herr Allons klopfte dem Träumerling auf die Schulter und blickte zufrieden zum Fluss hinunter. «Bald wird das wilde Treiben ein Ende haben. Dank dir, lieber Träumerling! Du kannst uns diesen Wunsch verwirklichen.»

Im Innern spürte der Träumerling, wie er gewillt war davonzulaufen, gleichzeitig aber überkam ihn ein vollkommen neues Gefühl, das ihn erstarren ließ. Es fühlte sich gewaltig und wild an; ja, inzwischen tobte es in ihm. Es tobte wie die Wellen im Fluss und er versuchte, diese Kraft zu beherrschen. Er suchte Halt in Madeleines gleichmütigen Augen, doch auch sie schien mit ihren eigenen Gefühlen zu ringen. Wie er seine Sinne wieder zurückgewann und sich auf dem großen Platz wiederfand, erkannte er, dass die Leute sich mehr und mehr um sie versammelten. Seine Sinne glitten über die Gesichter und er fühlte sich für ein jeden dieser Menschen verantwortlich, auch für deren Glück. Ganz gleich, was sie sagten, was sie taten oder was sie ihm nicht gaben, er war ein Träumerling – mit seiner Bestimmung und seiner Aufgabe.

Also begann er zu träumen. Und so setzte er seine blaue Mütze auf und forderte Herrn Allons schweren Herzens dazu auf, sich den Wunsch vor seinem geistigen Auge vorzustellen. Er schaute hinüber zu Madeleine und seine Augenlider sanken vor Traurigkeit hinab. Madeleine nahm seine Hand und stützte ihn, da sie bemerkte, wie er seine Standhaftigkeit verloren hatte.

«Ernestine! Wo ist unsere liebe Ernestine?», rief Herr Allons plötzlich von höchster Eifrigkeit.

«Huhu!» Eine rundliche Dame mit akkurat geschnittenem schwarzen Bob drängte sich vergnüglich durch die Menge.

«Ernestine!», empfing Allons sie mit offenen Armen und drehte sich zu ihr um. «Du bist die Schöpferin dieses neuen, wundervollen Stadtrandes.» Er küsste sie auf die rechte Wange und auf die linke Wange und vergaß in seiner Hast völlig den Träumerling, der noch immer hinter ihm stand, und stieß ihm mit dem fuchtelnden Arm die Mütze vom Kopf. Madeleine schaute beschämt zu Boden und atmete laut Luft durch die Nase. Der Träumerling hob soeben seine Mütze vom Boden auf, als Herr Allons sich wieder an ihn wenden wollte. «Oh!», rief dieser aus. «Wo ist er denn nun schon wieder!» Nichts ahnend von seiner Achtlosigkeit sah er hinab zum Träumerling und presste die Lippen genervt aufeinander. Als sich der Träumerling und Herr Allons wieder in die Augen schauten, erklärte er diese Dame Ernestine zum Wünschling für die Stadt. Freudig grinste sie den Träumerling an und ihre Wangen glühten vor Eifer. «Ich bin bereit», sagte sie noch schnell, bevor sie die Augen fest, beinahe krampfhaft, schloss und den Kopf zum Himmel streckte.

Der Träumerling träumte hinauf zu den Wolken. Es fühlte sich an, als habe sich die Leichtigkeit des Nebels zu einer dichten Wand gewandelt und die zarten Nebeltropfen, die sich für gewöhnlich wie frischer Tauwind auf seiner Haut niederließen, fühlten sich an wie schwere Tropfen. Er besann sich auf die ihm gegebene Aufgabe und begann zu träumen. Madeleine hielt noch immer seine Hand und küsste sie sanft zum Abschied. Er bewegte sich in diesem Moment irgendwo zwischen der Welt und dem Wolkenrand; und so verließ sie ihn in Stille, aber in tiefer Freundschaft.

Wie gebannt schauten die Menschen auf den Träumerling und ihr Blick schweifte zum Fluss. Der Strom des Flusses wurde schneller und seine Bewegungen wilder. Das Wasser erhob sich und die Menschen blickten auf die gebrochenen Wellen. Große Winde brachen auf und begannen zu tosen. Der Himmel verschloss sich mit dunklen Wolken, als der Träumerling noch immer voller Hingabe zum Himmel träumte. Aber die Natur spielte ihr eigenes Spiel. Machtlos musste der Träumerling sich unterdessen den Geschehnissen zuwenden. Die Menschen starrten entsetzt auf die gewaltigen Wassermengen, die sich auf die Stadt zubewegten. Sie überrollten die Stadtmauer mit all den Marktständen und den Blumentrögen auf dem Dorfplatz. Die Stadt wurde überflutet, Häuser verloren ihre Vorgärten, die Fensterläden wurden davon gerissen und der dichte Schlamm legte sich allüberall nieder. Die Menschen besahen das Geschehen wie erstarrt. Der Träumerling verlor sich irgendwo zwischen dem düsteren Wolkenbruch und dem Diesseits, nichts Geringeres erfasste ihn als panischer Schrecken. «Konnte dies sein Werk sein?» Er behielt seinem Bestreben bei und kämpfte gegen die Böen und das Wasser, das ihn umzuwerfen drohte, doch er hielt stand. Immer und immer wieder flehte er zu den Wolken, dass sich das Träumen erfüllen möge, doch er spürte, dass die Verbindung fort war. Seine Gabe schien sich mit dem Sturm und den Fluten von ihm abzukehren. Mit aller Kraft versuchte er es weiter, bis zur nahen Erschöpfung.

Als der Sturm sich allmählich wieder beruhigte, zog sich das Wasser wieder in den Fluss zurück. Die Menschen begriffen nach und nach, was geschehen war. Sie ergriff eine große Enttäuschung, die sich mit jeder Regung hin zur Besinnung auf das Geschehene in Wut weitete. Mit Bedauern erkannte der Träumerling die Enttäuschung seiner geliebten Menschen. Manch eine war so groß, dass sie den Träumerling beschimpften.

«Du Heuchler, du Betrüger!», schrien sie ihn an und manche winkten ihn mit der Hand ab, sodass er sich fühlte, als tauge er nichts. In der Ferne kamen ein paar Männer gelaufen, die ein großes Buch trugen. Bei diesem Anblick begann dem Träumerling das Herz zu pochen. Es pochte so sehr, dass er wider seines eigenen Willens erkennen musste, dass es sein Buch war – es war das Buch der Träumerlinge. Und noch ehe er darüber nachdenken konnte, was sie wohl damit vorhatten, blieben sie vor der Mauer stehen und warfen das Buch im Jubelruf hoch in die Luft, weit in die Fluten des Flusses. Der Träumerling konnte kaum glauben, was er sah, doch geistesgegenwärtig sprang er über die Mauer und rannte hastig über die großen Steine vor zum Wasser. Die Wellen schlugen immer wieder voller Wucht gegen seine Beine und rissen ihn beinahe um, aber seine Gedanken an das Buch trugen ihn durch alle Widrigkeiten hindurch. Das Buch schwamm über die Wasseroberfläche und tauchte immer wieder zwischen den tosenden Wellen ab. Er hoffte inbrünstig, dass es zu ihm ans Ufer schwimmen würde – und das tat es. Schnell beugte er sich weiter in die Fluten hinaus und wartete, bis das Buch näher kam. Doch es war zu fern, um es zu greifen und die strömenden Fluten zu immens, um hineinzugehen. Das Buch schwappte an ihm vorüber, die Seiten waren geöffnet und einige davon herausgerissen. Er rannte seinem Schatz mit den goldenen Zeilen am Uferrand nach. In einem kurzen Moment hing es an einem der einzelnen großen Felssteine in der Strömung fest. Er griff mit aller Kraft danach. Seine Finger erspürten die Seiten, er konnte kaum etwas erkennen, denn das schlagende Wasser spritze von den Steinen gegen sein Gesicht und der Wind zog ihm durch die Augen. Dennoch ließ er nicht los. Das Buch löste sich langsam aus seiner Verharrung und trieb weiter mit der Strömung. Die Buchseite zwischen seinen Fingern löste sich heraus und der Träumerling fiel hintenüber und landete unsanft auf den überschwemmten Ufersteinen. Einen Moment lang erduldete er das Wasser, das über ihn strömte, und die Kälte, die ihn erfasste. Er las die Zeilen auf dem Papier. Dort stand die Weisheit der Träumerlinge. Von allen Seiten konnte nur diese seine liebste sein, und er dankte dem Schicksal, dass es ihm gerade diese gelassen hatte. Er hörte hinter sich die Rufe der Menschen und sie kamen näher, also faltete er das durchnässte Papier in seinen Händen und verwahrte es in seinem linken Stiefel – und für immer in seinem Herzen.

Er drehte sich um zur Mauer. Dort standen die Stadtbewohner. Die Menschenmenge schimpfte und tobte, bis sie ihm zuriefen, er solle sich von dannen scheren, wenn er ihnen nicht einmal diesen einen Wunsch träumen könne. In ihrer Wut waren sie so blind für die Gefühle des Träumerlings, dass sie gar nicht bemerkten, was sich in ihm abspielte. Schuldgefühle plagten ihn und er schämte sich zutiefst, seinen geliebten Menschen nicht ihren Wunsch erfüllen zu können. Die Ablehnung der Menschen kränkte ihn schwer, ihre Worte trafen ihn wie Feuerbälle und in seinem Herzen verspürte er ein schweres und schmerzendes Brennen. All seine liebevollen und gütigen Gedanken schienen von innen gegen seinen Kopf zu klopfen und heraus zu wollen, um sich in der ewigen Weite des Flusses zu versenken. Gleichzeitig kamen ganz fremde Gedanken herein, die ihm sagten, dass er als Träumerling versagt habe. Er begann sich einzureden, dass er alles andere als ein gutes und gütiges Wesen sei, und er verlor mit einem Male das Vertrauen in all das, was ihn alle Zeit so glücklich gemacht hatte. Zum allerersten Mal fühlte er sich wertlos. Voller Enttäuschung blickte er auf die Menschenmenge, die ihm plötzlich so entfernt erschien. Hastig suchte er den Blick zum Firmament, welches für ihn immer ein sicherer Hafen war; dort konnte er sich stets wiederfinden und zu seinem Ursprung zurückkehren, wenn er einmal traurig und ratlos war. Er ersehnte sich in diesem Anblick seine Gedanken zu reinigen und zurückzukehren zur Güte, fort von Verurteilung und Argwohn. Doch er fand nicht, was er suchte, sein Blick sank hinab in die Tiefe des Flusses, gedanklich fiel er immer tiefer in den Fluss. Er bemerkte ein Gefühl der Enge um seinen Hals, die mit jedem weiteren Stück nach unten immer stärker wurde. Dunkelheit stellte sich ein. Er hatte das Gefühl, sich zu verlieren, Abschied zu nehmen von einer Welt, die er so sehr liebte und der er so viel geben könnte hinein in eine Welt, die er nie betreten wollte. Doch dort, tief im Dunkeln, hörte er plötzlich einen furchtbaren Schrei, ein Wehen nach Hilfe und er verstand, dass er gebraucht wurde. In all der Dunkelheit konnte er weit aus der Richtung, aus der er gekommen war, ein zauberhaft zartes Licht erkennen. Es erinnerte ihn an etwas in ihm, das immer da war, da ist und immer sein wird, und er spürte, dass dies die wahre Richtung, sein Weg war. Er besann sich auf sein tiefstes Inneres und lenkte all seine Sinne und all seine übrige Kraft darauf, und er machte kehrt hin zu dem Licht. Als er wieder den Fluss erblickte, sah er, wie die Menschenmenge sich noch immer schimpfend und in einer Wolke aus dampfender Wut hin zum Stadtkern bewegten und sich wieder in ihren Häusern niederließen. Bedauernd begriff er, was geschehen war, und verfiel wieder in seine Lethargie und Hoffnungslosigkeit. Doch als er das Getöse des Flusses hörte, erwachten seine Sinne wieder und er erhob sich auf seiner Mauer, um hastig nach der Herkunft des Schreis Ausschau zu halten, welcher ihn aus seinen tiefen Gedanken des Verlorengehens geholt hatte. Er mühte sich in den Stand, er konnte kaum die Augen aufhalten, um zu sehen, was geschah. Der Fluss tobte und der Träumerling beobachtete das brausende Wasser des Flusses, welches ihm plötzlich ganz fremd erschien; nichts war mehr von dem besänftigenden Fließen geblieben und er fürchtete sich vor dem, was er entdeckte. Inmitten des reißenden Flusses hing ein junges Mädchen an dem Ast eines Baumes, der über die Fluten ragte. Der Ast drohte zu brechen und das Mädchen mit den gewaltigen Wellen mitgerissen zu werden.

Was konnte er tun? Seine Macht zu wünschen war gebrochen – *er* – war gebrochen. Er fühlte sich ohnmächtig und beschämt zugleich. Beschämt, sich nicht bereits aufgemacht zu haben in die Fluten hinein, um das unglückliche Mädchen zu erretten. Doch dann lebte etwas in ihm auf, ein Gefühl von Dasein, Dasein für jene, die Hilfe bedürfen, für jene die unglücklich sind und vor allen Dingen für jene, die in Not sind. Dieses Gefühl glühte in seinem Herzen so stark, dass er sich die Brust hielt. Er drückte die Hand fest auf sein Herz und ein dumpfes Pochen band sein Bewusstsein. Dieser Zustand raubte ihm alle Sinne. Für eine kleine Ewigkeit irrte er umher zwischen Verzweiflung und Streben.

Langsam löste er den Druck seiner Hand. Sie weilte sanft über dem Geschehen in seinem Innern und er ließ das Pochen zu. So löste er sich aus seiner Starre und kam zu sich. Er erinnerte sich an seine Bestimmung. Mut stieg in ihm hoch und er sah sich nach dem Mädchen um. Dieses war noch immer in seinem Blickfeld und mit einem Mal sprang er voller Vertrauen und Zuversicht in die Fluten. Nichts konnte ihn aufhalten, nicht das Peitschen auf seinem Kopf, als er im Sprung in eine schlagende Welle eintauchte, nicht das eisigkalte Wasser, das sich wie Nadelstiche um seinen Körper wand und nicht der Hauch einer Befürchtung, dass dies alles ziemlich schief gehen könnte. Es fühlte sich an, als würde ihn eine unsichtbare Kraft des Vertrauens durch die Fluten tragen.

Wie er das Mädchen erreichte, nahm er sie an sich und sie fiel vor Erschöpfung in einen leichten Schlaf. Ihr langes Haar glitt durch das Wasser und legte sich auf ihr zartes Gesicht. Für einen kurzen Augenblick öffnete sie die Augen und einen Moment lang schien die Zeit still zu stehen. Ihre Augen glichen zwei rohen Bernsteinen, die alles Umliegende in eine tiefe Wärme versetzten. Plötzlich wurde er durch das Getöse der Fluten aus seiner Verzückung herausgerissen und er sah, dass die Augen des Mädchens nun geschlossen blieben. Er hoffte inständig, dass er nicht zu spät gekommen war. Er bewegte sich voller Kraft gen Ufer, mit ihr unter seinen Armen. Der moosgrüne Stoff ihres Kleides bewegte sich schwer im strömenden Wasser und schwang sich langsam, wie seidiges Algengras, um seine Hüften. Er vermochte das Mädchen kaum über Wasser zu halten, doch bald hatte er das Ufer erreicht, und wie mithilfe einer unsichtbaren Kraft zog er sich mit dem Mädchen im Arm am Rand des Flusses hoch. Die nasse und aufgeweichte Erde ließ ihn immer wieder erneut abrutschen und so legte er sich rücklings auf die noch übrig gebliebenen Hangstücke und bewegte sich so an Land, während er das Mädchen hingebungsvoll hinter sich herzog und sie, oben angekommen, sanft auf dem Boden niederlegte.

Sie lag auf der sicheren Erde und er betrachtete sie für einen Augenblick, der ewiglich für ihn schien.

Sie erwachte, strich sich das Haar aus dem Gesicht und sah ihn an. Seine zwei sanftmütigen himmlischen Augen leuchteten sie an. Die Unbekannte kam mehr und mehr zu sich. Er hatte sich aufgerichtet, um sie nicht zu verschrecken, und kniete neben ihr auf dem nassen Waldboden.

«Wer bist du?», fragte sie.

Ihre Schönheit nahm ihm die Worte. Wie benommen sah er zu ihr herab. Er konnte nicht umhin, sie anzulächeln, als sie ihn liebevoll betrachtete. «Ich bin der Träumerling», antwortete er.

«Du bist ein Träumerling? Oh welches Glück ich doch hab.»

Ohne darüber nachzudenken, entgegnete er ihr hastig: «Ich kann momentan nicht träumen, es tut mir leid, wenn du darüber enttäuscht bist und ich dir keinen Wunsch erfüllen kann.»

«Aber nein», sagte sie, nahm seine Wange liebevoll in ihre Hand und sah ihm tief in die Augen. «Welches Glück, dass du mich gefunden und mich gerettet hast. Ich danke dir.»

Ihre Hände auf seiner Haut kamen ihm vor wie zarte Seide, und beinahe hätte er sich in ihrer Hand zur Ruhe gelegt, so geborgen und gleichzeitig müde fühlte er sich auf einmal.

Plötzlich verließ ihn ihre Hand und das Mädchen sank zu Boden. Ihre Augen hatten sich geschlossen und sie war vom einen auf den anderen Moment eingeschlafen. Erschrocken erfühlte der Träumerling ihre Hände, ihren Hals, er zitterte und wusste nicht, was er tun sollte; er war mit diesen Dingen nicht vertraut. Hastig entwand er sich seines durchnässsten Mantels. Die Angst in ihm schrie laut, dass er sie verlieren könnte, doch als hätte er es errufen, atmete sie einmal tief ein und er erkannte, dass sie wohl nur schlief; und sie schien sehr erschöpft zu sein. Also begann er umherliegendes Geäst zu suchen, um Feuer zu machen. Er suchte am nahe gelegenen Waldrand nach essbaren Pilzen, und dabei blieb ihm kein Gedanke ohne sie. Er beeilte sich, um schnellstmöglich wieder zu ihr zurückzukehren, denn er befürchtete, sie könnte aufwachen und sich fürchten, oder seine Hilfe brauchen, oder – ja, womöglich gar verschwunden sein.

Er sammelte hastig die Äste auf, und wie er mit dem Brennholz unterm Arm und den Pilzen in seinen Taschen zurück in Richtung Fluss zu dem Mädchen kam, zögerte er. Es überkam ihn die Sorge vor dem, was ihn dort erwarten könnte, und so fand er immer noch ein kleines Stück Holz, das er gebrauchen konnte. Er hob einen der Äste auf und griff dabei ins nasse Moos. Die Farbe erinnerte ihn an das Kleid des Mädchens, welches eben in diesem Moment nass und kalt ihren

Körper bedeckte, und so schüttelte er seine Sorgen von sich und eilte schnell zurück zu dem Mädchen. Als er zurückkam, lag das Mädchen noch an derselben Stelle und schlief auf dieselbe friedliche Weise, wie er sie verlassen hatte. Er machte ein Feuer und als die Glut sich auftat, bereitete er die Pilze zu. Er konnte kaum seinen Blick von der wunderschönen Gestalt lassen, die neben ihm lag. Die Flammen erhoben sich immer weiter, und so schien das gedämpfte Licht des Feuers auf ihr Gesicht und er fragte sich, wann er jemals zuvor ein so zauberhaftes Wesen erblickt hatte. Er war ein Träumerling, und so war er stets umgeben von Magie und Zauberhaftem, aber das, was er hier spürte, war mehr, als er sich je erträumt hatte. Es lag fern von Träumerei oder Zauber, es lag vor ihm und er fühlte, wie es nun in ihm war, in seinem Herzen.

Es war eine kristallklare Nacht und das Mädchen lag noch immer auf dem kalten, feuchten Boden. Er wagte nicht, sie näher ans Feuer zu legen, da die Funken mit jedem Windstoß von den Flammen sprühten und durch den kräftigen Wind immer wieder die Richtung wechselten. So wärmte er seine Hände am Feuer, nahm ihre Hand und legte sie in die seine. Er konnte spüren, wie ihre Hände immer wärmer wurden, und auch in seiner Brust wurde es immer wärmer. Plötzlich wurde er sehr müde, und so legte er sich neben das Mädchen ans Feuer und schlief sogleich ein. Behütet vom Zauber der

Nacht schliefen die beiden ruhig und sicher im Schoß der Natur.

Der Morgen trieb seinen Nebelschleier über die Felder und die Welt erschien noch immer im silbernen Glanz des Mondes, als der Träumerling und das Mädchen im kühlen Frühnebel erwachten. Der Träumerling hatte kaum die Augen geöffnet, da drängten sich die Gedanken über das Wohl des Mädchens in seinen Kopf. Hastig drehte er sich zu ihr um. Auch sie war wach und blickte ihn an. Die Landschaft zeigte sich trüb, doch die Augen des Mädchens leuchteten wunderschön und erwärmten jeden seiner Gedanken.

«Guten Morgen, Träumerling», sagte sie.

Ganz verzückt von ihrem Liebreiz versagten ihm die Worte. Sie lächelte sanft zu ihm hinüber und er gewann seine Sprache zurück: «Guten Morgen.» Er war noch immer verzaubert von ihrem Anblick. «Wie geht es dir? Ich hoffe du hast nicht allzu sehr gefroren in der Nacht.»

Das Mädchen setzte sich langsam auf und legte ihr langes goldenes Haar über die Schulter. «Es geht mir gut, danke. Du hast dich wundervoll um mich gekümmert.» Bescheiden lächelte der Träumerling sie an und nahm seinen Mantel, der von der Wärme des Feuers getrocknet war, und legte ihn ihr sanft über die Schultern. Die Blätter der Bäume flüsterten leise vom Wind, der durch die Luft streifte, und der Boden duftete nach feuchtem Holz und frischem Moos.

«Du erfüllst den Menschen ihre Träume?», fragte sie.

«Ich erfülle ihnen ihre Wünsche, ihre Träume können sie nur selbst erreichen.»

Das Mädchen sah ihn verwundert an. «Wie meinst du das? Können sie sich die Erfüllung ihre Träume denn nicht von dir erwünschen?»

«Wir haben viele Wünsche und wir verwechseln sie oft mit unseren Träumen.»

«Ist ein Traum nicht auch ein Wunsch?»

«Mag sein, aber ein Wunsch ist kein Traum. Ein Traum ist, wonach unser Herz sich sehnt.»

Sie sah ihn schweigend an.

Er versuchte sich, zu erklären. «Wenn jemand einen großen Traum hat, dann ist dieser Traum etwas, was ihn selbst wahrhaftig damit verbindet. Und dies steht fest in uns geschrieben, oft verborgen in unserem Herzen. Ein Traum ist etwas, das uns ausmacht, etwas, das uns unser Leben lang begleitet. Er ist immer in Einklang mit unserem Herzen und dem Leben. Ein Traum bleibt ein Traum, auch wenn er sich erfüllt hat. Ein Wunsch, der erfüllt wurde, zieht weiter, aber ein Traum bleibt bestehen. Der Traum lebt tief in uns und gehört zu uns. Wenn ein Traum Wirklichkeit geworden ist, dann leben wir diesen Traum. Die Aufgabe eines Menschen ist es, seinen wahren Traum zu erkennen und ihn sich zu erfüllen. So findet er sein wahres Glück.»

Sie bewunderte seine Worte und hörte aufmerksam zu. «Und ein Träumerling hilft ihnen dabei», bemerkte sie leise.

«Diesen inneren Traum kann nur jeder für sich selbst herausfinden, ich kenne ihn nicht. Die wenigsten Menschen kennen ihn selbst, aber ich kann ihnen helfen den Weg dorthin zu finden, indem ich ihnen ihre Wünsche erfülle. Ich leite sie nur auf ihrem Weg.»

Allmählich wurde es wärmer und das Mädchen nahm sich den Mantel von den Schultern. Der nachtblaue Stoff war schwer und samtigweich. Für einen Augenblick verlor sie sich in ihrer Bewunderung für dieses wertige Stück.

Dann gab sie ihn dem Träumerling zurück und fragte weiter: «Warum dazu ihre Wünsche erfüllen?»

«Ein glückliches Herz findet leichter seinen Weg», antwortete er und nahm den Mantel an sich.

«Warum?», fragte sie und setzte sich auf einen Wurzelstock.

«Weil es schneller und öfter das Gute erkennt. Dies führt uns näher an den Zauber des Lebens und so zu unserem Herzen.»

Ihr wundervolles Wesen erkannte seine Worte. «Ich verstehe.» Sie strich sich das Laub von den nackten Füßen, welches von dem feuchten Boden anhaftete. Der

Träumerling sah, dass die Füße kleine Verletzungen trugen und blickte sie sorgenvoll an. Behutsam strich sie sich über die Wunden und schloss die Augen. Auf eine Weise, wie er nie zuvor empfunden hatte, erkannte er, dass alles gut war, und er ließ seine Sorge um sie los.

«Was ist dein Traum? Also dein Herzenswunsch?», fragte sie und holte ihn aus seinen Gedanken.

Er sann einige Zeit darüber mit fernem Geist. Dann antwortete er: «Geliebt zu werden, denke ich.»

Ihre Augen leuchteten ihn an. «Geliebt zu werden», wiederholte sie flüsternd seine Worte. «Von wem?»

Der Träumerling dachte einen Augenblick nach. Dann sagte er: «Ich denke, von den Stadtbewohnern.»

Sie sah, dass er traurig wurde. «Lieben sie dich denn nicht? Sie müssten doch, du erfüllst ihnen jeden Tag ihre Wünsche und außerdem scheinst du sehr nett und lieb zu sein», versuchte sie ihn aufzumuntern. Ihr Blick glitt dabei zu ihm auf und sie sah ihn lange und mit ganzer Seele an. Er verfiel vollkommen ihrer Aufmerksamkeit und sie berührten sich auf diese Weise beiderseits tief in ihrem Innern. Für eine Weile noch fühlten sie die unberührte Nähe zueinander, bis sie aus diesem Zustand erwachten und beschämt zu Boden blickten.

Der Träumerling räusperte sich und fing an, das herumliegende Geäst zur Seite zu räumen, so als wollte er ihr Notquartier inmitten der Natur aufräumen. Dabei fuhr er fort: «Ich denke, sie schätzen mich – sie schätzen, dass ich ihnen ihre Wünsche erfüllen kann.»

Sie lächelte ihn sanft an. «Sie schätzen dich also. Das ist doch schön. Ich schätze dich auch, und ich mag dich. Du bist sehr nett und du hast mich gerettet.»

Sein Herz begann zu klopfen. Er befürchtete, sie könnte es hören und sprach schnell weiter: «Du hast mich auch gerettet.»

Sie lachte verwundert. «Ich befand mich in den stürmischen Fluten. Wie könnte ich dich da retten?»

Er schaute sie ernst an und setzte sich zu ihr auf einen der großen Steine, die sie umgaben.

«Ich befand mich auch in den Fluten, in abgrundtiefen Fluten, als ich dich fand. Und so wie du, hatte auch ich einen Ast, an dem ich mich festhalten konnte, einen Ast, den ich immer bei mir getragen habe, den ich immer bei mir tragen möchte und den ich beinahe losgelassen hätte.»

Es war nicht nötig, weiter zu erklären, denn behutsam sagte sie: «Ich verstehe. Was hatte dich so betrübt, du bist doch ein Träumerling. Kannst du dir nicht deine Wünsche erfüllen?»

Seine Haltung fiel in sich zusammen und er beugte sich vor auf seine Beine, um sich zu stützen. «Mein Träumen hat mich verlassen.» Es ging ihm kaum über die Lippen. Schwermut legte sich über sein engelsgleiches Gesicht. «Der letzte Wunsch am gestrigen Tag ging schief und so kam alles durcheinander.» Seine Hände begannen zu zittern. «Sie ist fort. Meine Gabe ist fort!», sagte er schmerzlich. «Ich kann den Menschen ihre Wünsche nicht mehr erfüllen. Das war immer meine größte Angst.»

Das Mädchen beruhigte ihn: «Warum fürchtest du dich so sehr davor?»

«Ich bin ein Träumerling, ich muss doch meine Aufgabe erfüllen.»

«Was ist denn deine Aufgabe?»

Er richtete sich auf, wie er an seine Aufgabe dachte, und besann sich tapfer auf seine Würde. Er antwortete mit einem stillen Sehnen in seinen Augen: «Die Menschen glücklich zu machen, ihnen ihre Wünsche erfüllen. Träumerlinge gibt es seit jeher, sie leben über die Zeiten und die Welten hinfort und geben den Menschen Hoffnung und Hilfe, denn sie haben die Gabe zu träumen, was bedeutet, dass sie die Wünsche der Menschen durch ihre guten Gedanken erfüllen können.»

«Und wovor fürchtest *du* dich – und nur du –, nicht der Träumerling, nicht der, der Wünsche erfüllt, nur du ganz allein?»

Er wurde wehmütig und antwortete tief berührt: «Nicht zuletzt fürchte ich mich davor, einsam zu sein. Nicht geliebt zu werden. Ohne das Träumen kann ich den Menschen nicht mehr ihre Wünsche erfüllen. Ich fürchte, dann bin ich für sie nicht weiter von Bedeutung.»

«Ich verstehe. Und doch hast du mich gerettet, ganz ohne Magie! Du hast dein Leben riskiert für mich. Das war sehr mutig von dir. Ich danke dir dafür. Schön, dass du da warst.»

Nach einem Augenblick der Stille sagte sie: «Ich wünsche dir, dass dein Traum irgendwann in Erfüllung geht und die Liebe zu dir kommt. Vergiss niemals, lieber Träumerling, die Liebe ist immer gewahr, in ruhigen und in stürmischen Zeiten, in goldenen Zeiten und müden Zeiten, aber vor allem kennt die Liebe keine Vorstellung und keine Bedingung. Die Liebe ist die einzige Wesenheit, die in ihrem eigenen Geben den Lohn aus sich selbst heraus empfängt. Sie gibt dir all das, was du suchst, was du brauchst und führt dich in das Zuhause deines Herzens.»

Es berührte ihn, was sie sagte, doch sein verzweifeltes Herz konnte es nicht annehmen. «Ich danke dir für deine wertvollen Worte, doch dafür brauche ich mein Träumen und das hat mich verlassen. Ich werde wohl einsam sein auf dieser Welt.»

Sie beugte sich näher zu ihm hinüber. «Du bist ein gutes und liebes Himmelswesen, wer könnte dich nicht um deinetwegen lieben?»

«Die Stadtbewohner brauchen mich um meinetwegen, also um meines Träumens wegen. Nun bin ich nicht mehr ganz. Was hab ich ihnen schon zu geben, damit sie mich in ihr Herz lassen?» Es bekümmerte ihn, diese Worte von sich selbst zu hören. Ein verbundenes Schweigen begleitete für eine Weile ihre Zweisamkeit. Das Mädchen bedauerte seine Trübsal sehr.

Während der Träumerling noch über sein Schicksal nachdachte, richtete sie sich auf, schaute ihn an und sprach ruhevoll zu ihm: «Weißt du, Träumerling», er blickte auf, «wir sind alle zu jeder Zeit *vollkommen* auf dieser Welt. Wir sind *ganz* im Hier und Dort, im Jetzt und Damals und auch im Morgen, bis in alle Ewigkeit. Die Welt liebt uns dafür, wer wir sind und nicht *wie* wir sind. Wenn wir uns in dieser gegebenen Ganzheit durch das Leben bewegen, sind wir stets von Liebe umgeben. Du bist niemals einsam in dieser Welt, denn sie trägt dich in ihren mächtigen Armen durch das Leben und schützt dich in ihrem warmen Schoß vor dessen Stürmen. Ihre Liebe zeigt sich in jedem Sonnenstrahl, der dich wärmt, in jedem Stein, auf dem du ruhst, in jedem Baum, an den du dich lehnst und in jedem Windhauch, der dich liebevoll berührt. Niemand ist in dieser Welt allein, jeder trägt die Welt in sich sowie die Welt ein jeden von uns in sich trägt.»

Auf einmal stand sie auf. Er erwiderte dies und erhob sich ebenso.

Sie legte ihre Hand auf seinen Arm und sagte: «Lebe wohl, lieber Träumerling. Ich wünsche dir von Herzen, dass du findest, wonach du suchst.» Sie sah ihn an und strich ihm noch einmal mit der Hand liebevoll über die Wange. Sie betrachtete ihn, und sein Herz rührte sich, als blickte sie tief in ihn hinein, tief, bis in seine Seele. Ihre Haut war so zart und klar, sie erinnerte ihn an den frischen Morgentau, den er in der Morgendämmerung auf den Seegräsern am Fluss so bewunderte; dieses kaum bemerkbare Glitzern hatte er nirgendwo anders gesehen, bis in diesem Moment. Sie neigte ihren Kopf, wandte sich um und bewegte sich nahezu schwebend über das steinige Ufer am Fluss entlang.

«Was tust du?», fragte der Träumerling sie bestürzt, denn dieses wehe Gefühl eines nahenden Lebewohls ergriff ihn in der Brust. Sie drehte sich um, und ihr Kleid schwang wie ein gleitendes Blatt im Wind, bis es sich schließlich sanft auf ihren nackten Füßen niederlegte. Ihr Haar glich den fernen Haferfeldern, deren Rispen sich im Hintergrund durch die Nebelwand bewegten, und ihre Augen strahlten ihn an wie die Morgensonne selbst, die sich in diesem Moment hinter ihr in den Himmel erhob. Ihr Anblick traf ihn tief und es stieg Panik in ihm hoch, denn es fühlte sich nach Abschied an.

«Du gehst fort?», rief er ihr zu.

«Ich gehe weiter.» Sie bewegte sich so leicht, als würde sie in dem stillen Tanz der Natur mitwiegen.

«Aber ich kenne nicht einmal deinen Namen!», rief er verzweifelt.

«Ich bin die Güte.»

«Güte. Ein Name so schön und wohlklingend wie ihr Wesen selbst», dachte er bei sich. «Wohin gehst du? Und wo kann ich dich finden?»

Heiter rief sie ihm zu: «Ich bin immer und überall, ich bin eine Wesenheit.» Sie lächelte und drehte sich gen Sonne. In deren Schein konnte er nur noch Umrisse erkennen und es schien, als verbinde sich ihr moosfarbenes Kleid mit der Farbe der Bäume des Waldes und ihr goldenes Haar verliefe sich hinter dem Nebel in der Weite der Felder. Sie verschwand im Licht dieser Farben und löste sich in ihrer ungetrübten Zartheit inmitten der Natur auf. Er sah ihr verzweifelt nach und wagte kaum, sich zu bewegen, um die Bilder, die ihn die vergangenen Sekunden begleitet hatten, festzuhalten – sie nicht zu verwischen, ihren Anblick vor seinem inneren Auge zu halten und sie so nicht zu verlieren. Das Leuchten dieser Augen würde ihm in den dunkelsten Tagen den Weg weisen und ihre Wärme ihn durch die kältesten Nächte tragen.

Viele Zeit später stand er noch immer an jener Stelle, an der er Abschied nehmen musste. Seine Lider hatten sich inzwischen gesenkt und das gedämpfte Licht der Dämmerung führte ihn langsam zu Boden und er versank in einen tiefen Schlaf. Gebettet zwischen den ersten Windröschen dieses Jahres schlief er durchtränkt von seinem schweren Gemüt ein und ließ sich von seiner glühenden Sehnsucht nach Güte durch die kühle Nacht tragen. Er ruhte lange Zeit, er vermochte kaum zu wagen, in diese Welt zurückzukehren, so sehr trübten die müden Gefühle seine Zuversicht.

Der Träumerling wäre wohl noch lange in diesem Zustand verweilt, wäre da nicht ein wehender Wassertropfen vom Fluss an seine Wange geschwebt, der ihm sein Erwachen aus diesen entkräftenden Empfindungen zurückgewinnen ließ. Er bemerkte die leichte Bewegung seiner Finger und ein sachtes Blinzeln stellte sich ein. Wie sein Bauch den Impuls für einen tiefen Seufzer gab, löste er sich aus seiner Position und begann, sich umzublicken. Hier konnte er nicht bleiben, alles würde ihn an diesen Abschied erinnern; die grünen Bäume des Waldes, die goldenen Felder, und egal welchen Weg er auch ginge, dem Leuchten der Sonne wäre er niemals imstande zu entrinnen. Das wollte er auch nicht. Dieses Leuchten war in seinem Herzen und es würde ihn jeden Tag und jede Nacht wärmen – ihn und sein Herz. Und zuletzt war da dieser Fluss. Der Fluss. Ein weiteres Mal jener Fluss, der zu ihm sprach und ihn weckte, erweckte aus einem trüben Schlaf, welcher ihn daran zu hindern drohte, seines Wesens Herr zu bleiben. Es war ebenjener Fluss gewesen, der ihn all die Jahre begleitet und getragen hatte. Denn jede Begegnung mit ihm, ein jedes Mal, wenn er das Fließen des Stromes hörte, wenn er in die nachtblaue Weite des Flusses schaute, fühlte er sich frei. Frei, die ganze Welt zu entdecken, frei, zu entdecken, was für ihn bestimmt war. Nun hatte der Fluss ihn genau dort hingeführt – zu diesem Mädchen. Und er konnte sich nicht vorstellen, ohne sie zu sein, und so beschloss er, sich aufzumachen, um sie zu finden. Noch wusste er nicht, welchen Weg er einschlagen sollte, wusste nicht, ob gen Süden oder Norden, ob Osten oder Westen. Er wusste es nicht. Somit entschied er, Güte in jene Richtung zu folgen, in die sie verschwunden war. Er blickte zu den großen Feldern und er erinnerte sich daran, wie der Fluss ihn bisher geführt hatte, und so sollte er ihn auch nun führen. Der Träumerling beschloss, seinen Weg am Wasser entlang aufzunehmen. Noch einmal schaute er hinüber zu seinem vergangenen Heim. Die Stadt war gerade am Erwachen. Die ersten Fensterläden öffneten sich und die steinernen Kamine pusteten ihre Wärme über die Dächer. Auf dem Dorfplatz trafen die ersten Verkaufswagen für den morgendlichen Markt ein und ein Gefühl von Wehmut legte sich auf sein Gemüt. «Dies sollte doch sein Zuhause sein.» Er hatte so viel gegeben, damit diese Stadt ihm ein Zuhause schenken würde. Bei diesem Gedanken kam in ihm das Gefühl auf, versagt zu haben. «Warum nur hatte er das Wünschen verlernt. Was war geschehen?

Alles hätte so schön sein können.» Er wurde traurig, für einen Moment dachte er daran, zu bleiben. Doch da weckten ihn die Erinnerungen an Güte und das Gefühl, das sie in ihm ausgelöst hatte. Er wurde davon so sehr angezogen, dass er unmittelbar seinen Weg fortsetzte. Ein letztes Mal sah er zur Stadt hinüber, hinauf zum großen Platz, bis sich sein Blick schließlich zum Fluss hinunter auf die kleine Mauer legte, auf der er tagein, tagaus gesessen hatte. Eine Mauer, nicht so hoch, als dass er sich nicht darauf niederlassen konnte, aber gerade mal so hoch, dass sie die Stadt vom Rest der Welt, auch von ihm, zu trennen vermochte.

Über die großen Steine am Rande des Flusses kam er nur schwer voran. So beschloss er, sich etwas weiter am nahegelegenen Waldrand zu orientieren, ohne dabei das Wasser aus den Augen zu verlieren. Die große Welt stand ihm bevor, er befand sich nun auf einer großen Reise. Er wusste nicht, wohin ihn seine Sehnsucht führen würde, wo er mit der Suche beginnen sollte und vor allem nicht, wo sie enden würde. Er wusste nur, dass er *sie* finden musste, und er würde sich von der Kraft der Elemente und der Weisheit der Natur auf dieser Reise tragen lassen. Mit jedem weiteren Schritt fort von seinem kleinen Städtchen hinein in die Welt, wurde es leichter – er wurde leichter. Zum ersten Mal seit den Erlebnissen in der Stadt erkannte er wieder die Schönheit dieser Welt, wahrhaftiger als je zuvor. Die

Farben der Natur, das Gefühl der warmen Sonne auf der Haut, der Gesang der Vögel und das Zirpen der Grillen, überall um ihn herum roch die Luft nach Freiheit und der Duft der Erde gab ihm Geborgenheit. Seine Sorgen waren verschwunden. Er spürte den festen Boden unter seinen Füßen, spürte das zarte Klopfen seines Herzens, das jedes Mal einen Sprung machte, wenn sich ein Schmetterling auf seiner Schulter niederließ. Jeder seiner Atemzüge vermochte ihn mit dem Fluss der Welt zu verbinden, und in ihm stellte sich Stille ein. Nie hatte er solch eine Leichtigkeit empfunden und nie zuvor hatte sein Herz ihn solch eine Ruhe gelehrt.

Kapitel 5

Der Träumerling war viele Monde gegangen und seine Reise lehrte ihn viele Orte und Menschen. Er zog von Feld zu Feld, von Wald zu Wald und von Land zu Land, und überall fand er für kurze Zeit ein Plätzchen in einem netten Gasthaus, um zu ruhen und sich zu stärken. Die beglückende Jahreszeit gab ihm das nötige Licht und die bunte Freude, die er für seine langen Wege brauchte. Doch schon bald begann die Nacht immer früher den Tag zum Horizont zu treiben und der Träumerling mühte sich jeden Schrittes mehr. Die Sehnsucht nach seiner Ankunft wurde größer. Und auch wenn er nicht wusste, wo seine Reise enden mochte, spürte er, dass es bald sein musste, denn seine Kräfte schwanden von Tag zu Tag mehr und sein Herz sehnte sich nach Gewissheit über all den Lohn für diese Mühen.

Die Zeit verging, und als die ersten Herbstblätter seinen Weg schmückten, erreichte er die Felsenberge. Groß und mächtig umrahmten sie die Dörfer der tiefen Täler. In der Dämmerung erreichte er einen Weg, der ins Tal hinab zum großen Bergsee führte. Die Lichter in den Häusern erleuchteten das Tal und ließen die riesigen Felsen noch gewaltiger erscheinen. Er beschloss, in eines der gemütlichen Gasthäuser einzukehren und sich auszuruhen. Hier in diesem Dorf hätte er Ruhe finden können, aber etwas trieb ihn an voranzugehen, weiter über diese Berge, er wollte alles hinter sich lassen. Gleichwohl all der Einsamkeit auf seiner bisherigen Reise, vermochten ihm diese Berge nicht die Geborgenheit zu geben, die sie für die Bergleute bedeutete. Er strebte nach dem weiten Himmel und der Nähe zu den Wolken, und so trieb es ihn hinauf in die Berge, weit hinauf, um zu finden, was hinter diesen Bergen lag und hinter diesem Begehren nach der großen weiten Welt.

«Dort erwarten dich die Ländereien der Königsbrüder», sagte der Hauswirt seiner nächtlichen Herberge belanglos, als er den Träumerling zu den hohen Bergen hinaufblicken sah. «Der Aufstieg ist schwer und hart, es sind Gewitter gemeldet, Junge. Bleib lieber noch eine Nacht, bevor du dich aufmachst!»

«Gut», sagte der Träumerling. «Bitte bereiten Sie Proviant für meine Reise vor. Ich werde morgen früh aufbrechen», entgegnete er zuversichtlich.

«Besorg dir lieber noch festes Schuhwerk, das wirst du gebrauchen können», ermahnte ihn der Wirt und verließ die Stube. Der Träumerling hatte nach dem Abendbrot Geselligkeit gesucht, doch die meisten Gäste waren längst zu Bett gegangen. In der Stube loderte ein Feuer im Kamin und gegenüber lagen auf einem gemauerten Ofen gemütliche Zierkissen. Diese Behaglichkeit ließ ihn dort noch etwas verweilen. So saß er die Abendstunden auf den warmen Ofenkacheln und versank mit allen Sinnen im Leuchten des Kaminfeuers. Er war an vielen Orten gewesen und hatte viele Menschen getroffen. Müde war er, sehr müde, und kein Schlaf hätte sich dieser Müdigkeit annehmen können. Das knisternde Feuer im Kamin wärmte ihn. Draußen wurde es kälter und der Wind begann die Blätter durch die Luft zu wirbeln.

Tags darauf machte sich der Träumerling mit dem frühen Licht auf seinen Weg. Er erreichte die Vorberge, noch bevor die Sonne am höchsten stand und brach den Aufstieg zu den hohen Gebirgen an. Der Weg war schwer und mühsam. Die kühlen Bergquellen stillten seinen Durst und die Bergkräuter nährten seinen Leib.

Je näher er dem Himmel kam, umso stärker wurden die Winde, die Kälte brach herein und der Nebel legte sich dicht um das Gestein. Für die Nacht fand er sich in schützenden Berghöhlen wieder, die ihm Ruhe und Schlaf schenkten. An den Sonnentagen erfreute er sich der strahlenden Natur und der friedvollen Stille. Nur ein leichtes Rauschen des Windes zog durch die Berglandschaft über die grüne Hochheide und die letzten Bergrosen an den Felswänden. Die Geschöpfe der Berge zeigten sich ihm begleitend und weisend auf seinem Weg; prächtige Gämsen warnten ihn vor Geröll, die Eidechsen führten ihn zur nächsten Berghöhle für die Nacht und die geselligen Murmeltiere wiesen ihm den Weg zu den nährenden Beeren. Die Luft war rein und die Vögel begleiteten ihn auf seinem Weg. Seine Füße trugen ihn treu über jeden Hügel und über jede Wurzel, und doch hatten sie allmählich unter den leichten Schuhen des Träumerlings und all der Bestrebung voranzukommen, leidige Wunden zu erdulden. Der Anstieg gewann an Macht und seine Kräfte verließen ihn mit jeder Stunde mehr. Bald lief er am Tag und bei Nacht, bei Regen und Sonne, getrieben von seiner Sehnsucht. Der silberne Schein des Mondes führte ihn in der Morgendämmerung auf seinem Weg über die höchsten Felsen. Noch bevor der Tag zu Ende ging, sollte er die Berge überquert haben, und sie versprachen ihm eine neue Welt und ein neues Leben.

Der Abstieg verhielt sich leichter. Froh und besonnen bewegte sich der Träumerling auf die Ländereien der Königsbrüder zu. Seine Füße schmerzten und er wagte nicht, die Schuhe zu lösen, um nicht durch den Anblick seiner Wunden Rast halten zu müssen. Er blickte zuversichtlich auf das weite Land, das sich ihm vor seinen müden Augen zeigte. Die Wälder und die Weiden waren gebettet in den warmen Farben der fallenden Herbstblätter und der Nebel zog durch die Gräser und die schmalen Auen der Flüsse. Er hoffte, schon bald in der Ferne aufsteigenden Rauch zu erblicken, der ihm die Schornsteine von Dorfhäusern versichern würde. «Vielleicht ein kleines, nettes Dörfchen, wo es eine warme Mahlzeit und ein Stück saftiges Brot für mich gibt, und ein Gläschen Fruchtsaft. Ein paar Tage Unterschlupf wären schön. Ich müsste etwas ruhen, um wieder zu Kräften zu kommen», dachte der Träumerling bei sich. Mit jedem weiteren Schritt wurden seine Beine schwerer und sein Gemüt versank in Erschöpfung. Eben, als er sich unter einer großen Eiche niederlassen wollte, entdeckte er einen großen See, der von einem lichten Hain umgeben war. Durch die einzelnen Tannen konnte er kleine Lichter erkennen, und bei näherer Betrachtung erschien der lang ersehnte Rauch, der aus den Schornsteinen von Häusern kam. Hoffnungsvoll lief er zum See, durch den Hain hindurch, bis er vor sich ein Dorf erblickte. Der Tag war bereits vergangen und in der Dämmerung suchte er nach einem Gasthaus. Viele kleine Steinhäuser standen vor ihm, allesamt beleuchteten das Örtchen mit ihrem Lampenlicht auf den Fensterbänken. Keines davon trug den Hinweis auf eine Gaststätte, und so irrte er die gepflasterten Wege durch das Dorf umher, mit müden Beinen und mit hungrigem Bauch. Die Menschen waren schon in ihren Häusern, nur manchmal hörte man einen Hund bellen oder das Knarren von schließenden Fensterläden. Er war durch das gesamte Dorf gelaufen und erreichte schließlich wieder den See am Hain. Er stand an dem Weg, den er gekommen war. In einem der Häuser erkannte er die Umrisse von einem Bewohner, der Holz von der Veranda holte. Der Träumerling schaute hinüber und im Schein des Mondes tauchte das Gesicht eines Mannes auf. Dieser beugte sich über den seitlichen Rand der Veranda, um zu sehen, wer dort stand.

«Guten Abend», rief der Mann herüber.

Der Träumerling bewegte sich langsam auf die Veranda zu und nahm seine Mütze ab: «Guten Abend, werter Herr», sagte er leise vor Erschöpfung.

«Wer bist du? Komm näher, Junge!», sagte der Mann bestimmt.

Noch immer hielt der Träumerling seine Mütze fest in den Händen. Der weiche Samtstoff beruhigte ihn und er fasste Mut, sich zu erklären: «Ich bin auf der Durchreise, ich komme aus einer Stadt weit hinter den großen Felsen.»

Der Mann schaute ihn überrascht an: «Du bist allein den ganzen Weg über die Berge gewandert? Wann hattest du zuletzt ein weiches Bett oder eine warme Mahlzeit?» Ehe der Träumerling antwortete, sprach der Mann weiter: «Komm rüber, du kehrst bei uns ein. Komm herein und wärm dich auf!» Die Stimme des Fremden war so eindringlich, dass er gar nicht lange nachdachte und zu dem Mann auf die Veranda taumelte. «Ich danke Ihnen sehr …», begann der Träumerling, doch er wurde harsch unterbrochen.

«Schon gut! Geh einfach rein! Meine Frau ist drin. Sie zeigt dir alles.»

Seine Verunsicherung ließ ihn kurz zögern, doch seine Erschöpfung und seine Dankbarkeit ließen ihn der Aufforderung bedingungslos nachkommen. «Ja, danke», sagte der Träumerling verhalten.

Als er eintrat, sprach der Mann erneut zu ihm: «Einen Moment noch!» Er sah ihn prüfend an: «Wer bist du eigentlich? Ich will wissen, wer in meinem Haus verkehrt. Du trägst besondere Kleidung, was ist mit diesem Blau und dieser Mütze? Ist das eine Livree, dienst du dem König?», ereiferte er sich.

«Ich diene den Menschen, ich bin ein Träumerling.» Er wurde unsicher: «Oder, ich war einer», murmelte er vor sich hin.

Der Mann wurde ungeduldig: «Bist du nun einer oder bist du keiner?» Prüfend schaute er ihn an.

«Ich bin ein Träumerling, der nicht träumt.»

Die Gesichtszüge des Mannes entspannten sich. «Hast du das Träumen aufgegeben?»

«Es hat *mich* aufgegeben», sagte der Träumerling und schaute ihn mit trüben Augen an.

Für einen kurzen Moment trafen sich ihre Blicke und der Mann schien betroffen von seinen Worten, sagte dann aber schnell: «Sei´s drum, ein Träumerling, was er auch tun möge, wird wohl keinen Ärger machen. Ich bin Anton.» Er gab ihm die Hand – kräftig, aber sanft – und führte ihn hinein. Im Haus loderte Feuer im Kamin und es duftete herrlich aus der Küche heraus, als Anton die Küchentür aufschob und nach seiner Frau rief. Er ging hinein und der Träumerling wartete im Wohnbereich. Wenige Minuten später öffnete sich die Tür erneut und eine freundliche Dame kam auf ihn zu. «Hallo, lieber Träumerling, ich habe schon gehört, du hast große Mühen hinter dich gebracht. Gut, dass du unser Dorf nun erreicht hast, hier wirst du zu Kräften kommen.»

Diese Begegnung fühlte sich gut an und nach langer Zeit zeigte sich wieder das kitzelnde Gefühl von Freude in seiner Brust. «Es freut mich sehr», begrüßte er sie in seiner mühelosen Freundlichkeit.

Sie nahm seinen Mantel und schüttelte den Staub und die getrocknete Erde ab. «Komm, ich zeige dir dein Zimmer, dort werde ich dir eine warme Kartoffelsuppe mit Brot bringen und dir derweil ein Bad einlassen.» Liebevoll legte sie ihre Hand auf seine Schulter und führte ihn zu seinem Zimmer. «Und wenn du noch etwas brauchst, ruf mich einfach. Mich nennen alle im Dorf Frau Anton.»

Seit langer Zeit hatte er sich nicht mehr so aufgenommen und geborgen gefühlt. Das Zimmer war groß, ein gläserner Kronleuchter hing an der Decke und ein Bett aus Eichenholz mit aufwendigen Schnitzereien würde ihn wohl heute in den Schlaf wiegen. Gerahmte Bilder von Seenlandschaften und Wäldern mit pastellenen Wildblumen hingen an den Wänden und frische Blumen standen auf dem kleinen Schreibtisch am Fenster.

Es war weit mehr, als er erwartet hatte und so brach es aus ihm heraus: «Hatten Sie bereits Besuch erwartet?»

Frau Anton lächelte freundlich: «Ach nein, dies ist das Zimmer meines Mannes, hin und wieder braucht er Zeit für sich. Anton ist oft lange wach, er sitzt auf der Veranda und verhandelt mit der Natur.» Sie lachte. «So weckt er mich nicht auf und ich bekomme meinen Schönheitsschlaf.» Sie lachte wieder und berührte ihn dabei verbindend am Unterarm. Sie hatte ein wohltuendes, aufrichtiges Lachen und der Träumerling fand, dass jemand von solch einer Herzlichkeit gewiss keines Schönheitsschlafes bedürfte. Ehe er etwas erwidern konnte, lief Frau Anton den Flur zurück und rief: «Ich bringe dir nun das Essen, ich bin gleich zurück, mach es dir gemütlich!»

Wenige Minuten später stand sie in der Tür mit einer großen Terrine, Teller mit Besteck und einem herrlich duftenden Brotlaib auf dem Tablett. Hinter ihr war Anton und brachte eine Karaffe mit dunkelrotem Saft. «Hier ist noch ein vollmundiger Traubensaft aus der Weinlese, frisch und mit Liebe gelesen», sagte Frau Anton heiter, «er wird dir Lebenskraft geben und schmeckt wunderbar herrlich zu der Kartoffelsuppe.» Die Freundlichkeit, die ihm zuteilwurde, rührte den Träumerling sehr. Anton stellte die Karaffe ab, nahm das Glas vom Tablett und befüllte es mit dem Traubensaft.

«Ich danke Ihnen wirklich sehr!», sagte der Träumerling. Draußen hatte sich ein Sturm aufgetan, der Wind pfiff durch die Häuser und die Fensterläden klapperten laut in die Nacht hinein. Große Dankbarkeit brach über ihn ein, wie er die Blätter und das Geäst am Fenster vorbeifliegen sah. Er fühlte sich unwohl bei dem Gedanken, Anton sein Zimmer zu nehmen. «Bitte Anton, eine Besenkammer oder ein Stall reicht mir vollkommen aus. Ich möchte Ihnen wirklich keine Umstände machen.»

Sein Gastgeber blickte ihn finster an: «Hier ist dein Zimmer. Nicht einmal die Tiere sind bei dem Sturm im Stall! Und unsere Besenkammer ist für die Besen und keine Gästekammer!» Er verließ mürrisch den Raum und ließ den Träumerling betroffen zurück.

Frau Anton schaute bedauernd drein.

«Ich wollte ihn nicht beleidigen, nur – ein kleiner Platz auf dem Boden hätte mir wirklich genügt.»

Sie schöpfte die Suppe. «Das würde Anton nicht zulassen, er sagte mir bereits, dass du einen schweren Weg gegangen bist und er möchte, dass du dich wohlfühlst und dich erholen kannst.» Beruhigend strich sie ihm den Rücken.

Diese warmherzige Geste umgab sein Gemüt mit einer lang ersehnten Wärme; er wandte sich zu ihr um und erklärte ihr seine Gedanken: «Das ist sehr liebenswürdig, ich hatte die Befürchtung, ich wäre ihm vielleicht gar lästig.»

Sie schüttelte den Kopf und winkte begütigend ab. «Mach dir nichts draus. Er ist etwas ruppig und rau, das hat nichts mit dir zu tun.» Sie schaute zum Fenster hinaus auf den See und ihre Augen wurden auf einmal traurig. Er fragte sich, was sie wohl so verstimmte.

Der Wind sauste am Haus vorbei und riss sie aus ihren Gedanken, schnell richtete sie die Tischdecke zurecht und verschwand zur Tür. «Ich werde dir nun dein Bad vorbereiten, mein Lieber, und danach wartet eine ausgiebige Mütze voll Schlaf auf dich.» Die Zimmertür fiel ins Schloss.

Es war still, aber es war eine andere Stille als jene, die ihn der schwere Aufstieg über die Berge gelehrt hatte. Diese Stille war fürwahr, sie gab ihm Ruhe und Geborgenheit, nur das Knistern des Feuers begleitete die Beschaulichkeit – und das wilde Heulen der Nordwinde, die draußen vor dem Fenster vorüberzogen. Er löffelte seine Suppe und kostete das frische Brot. Die tiefrote Farbe des Saftes erinnerte ihn an die Zeit mit Madeleine. Wehmut kam in ihm auf, er vermisste seine liebe Wegbegleiterin, doch sogleich fanden sich seine Gedanken wieder bei den goldenen Trauben und all der schmerzlich vergeblichen Mühe an den Stadtmenschen in seiner Heimat. Und so trank er auf Madeleine und ihre Freundschaft, für immer und über die Weiten der Welt hinfort.

Ein neuer Tag brach an. Der Sturm war vorüber. Die Herbstsonne wärmte den Boden auf und trocknete das Laub. Der Träumerling saß auf der Veranda und erfreute sich dem regen Treiben im Dorf. Die Leute holten die Äste von den Wegen und sammelten sie in den Bollerwagen, die sie hinter sich herzogen. Die Kinder liefen ihnen vergnügt nach und hielten so viel herabgefegte Zweige in den Armen, wie sie nur konnten.

«Was tun sie da?», fragte er Anton, der in der Tür stand.

«Der erste Herbststurm im Jahr wird durch ein großes Feuer gehuldigt. Es versinnbildlicht das Licht, um das wir für den Winter bitten, in der Hoffnung die Eiswinde aus den Bergen milde zu stimmen. Hierfür sammeln wir das Holz und bringen es zur Feuerstelle. Dort feiern wir unsere Jahresfeste und eben auch Bräuche wie diesen.»

Der Träumerling schaute ihn hingerissen an: «Ein schöner Brauch.»

Anton erklärte weiter: «Wenn alles Holz für das große Feuer gestapelt ist, hilft das gesamte Dorf bei den Reparaturen der Dächer und Gartenzäune, die durch den Sturm beschädigt wurden, so der Brauch.»

«Ich würde gerne helfen!», sagte der Träumerling begeistert.

Anton zuckte mit den Schultern: «Dann komm mit!» In jenem Moment, als der Träumerling seine Schuhe anziehen wollte, erinnerte ihn der Anblick seiner Fersen an die schmerzenden Füße, die blutig und aufgeraut waren von seinem langen Weg durch die Berge.

Anton bemerkte, dass der Träumerling zurückblieb, und sah die Füße mit den vielen Wunden. «Besser du bleibst hier, du solltest deine Füße schonen, damit sie heilen können.»

«Es geht schon», erwiderte der Träumerling, «ich werde mitkommen, ich sammle die Äste ja mit meinen Händen auf.» Er lächelte zuversichtlich.

Doch Anton wurde ernster: «Unsere Füße tragen uns durchs Leben, sie lassen uns die Erde spüren, auf der wir wandeln, sie bilden das Fundament zwischen der Erde und uns Selbst. Niemals sollten wir die Bedeutung dieser Verbindung unterschätzen. Bist du schon mal barfuß über frisches, nasses Moos gelaufen oder hattest du je den samtenen Schlamm eines Sumpfes zwischen den Zehen gleiten? Vergeude nicht die wertvollen Sinne deiner Füße. Wenn wir wahrhaft gewiss auf der Erde wandeln, dann wandelt die Erde auch mit uns.»

Der Träumerling verstand und setzte sich mit herangezogenen Beinen auf den Verandaboden in die Morgensonne, nahm mit jeder Hand einen seiner Füße und begann sie behutsam zu reiben. Er sah zu Anton hinauf, der bereits die Stufen der Veranda hinab gestiegen war und ihm zustimmend zunickte. Der Tag verging und der Träumerling war dankbar, dass ihn jemand daran erinnert hatte, die schmerzenden Füße keinen weiteren Tag in seinen Schuhen zu ertragen. Frau Anton freute sich über seine Gesellschaft und band ihn hin und wieder in ihre Hausarbeit mit ein. Sie stellte Körbe voll Gemüse auf den Tisch und gemeinsam bereiteten sie die Zutaten zum Gemüseeintopf für den Abend vor.

Nach dem Abendbrot ging der Träumerling auf sein Zimmer und bedankte sich bei Frau Anton für den schönen Tag. Die beiden verstanden sich prächtig, und manchmal erinnerte sie ihn an Madeleine, wenn sie aufrichtig seinen Worten folgte und ihn anblickte, als dürfe er ihr seine tiefsten Gedanken erzählen.

Der Träumerling war bereits zu Bett gegangen und Frau Anton stand im Zimmer, um Gute Nacht zu sagen. Da kam Anton herein. Er trug hellorangefarbene Blumen in der Hand und eine kleine Keramikschale. «Thekla, wo haben wir das Olivenöl stehen?», wandte er sich an Frau Anton.

Sie strich ihm zärtlich über die Schulter: «Ich hole es dir, mein Lieber, ich hole es.»

Sie kam mit dem Öl zurück. Anton rieb kräftig die Blüten in der Schale. «Bitte gib etwas davon hinein, damit ich es vermengen kann. Ich danke dir, Liebes», sagte er zu seiner Frau.

Der Träumerling schaute beide verwundert an und Frau Anton erklärte: «Anton hat dir Calendula besorgt, diese Blüten heilen die Wunden an deinen Füßen und geben ihnen, was sie brauchen. Anton macht dir einen Balsam aus den frischen Blüten, so wirken sie am besten.»

Gerührt besah der Träumerling seinen wohlwollenden Gastgeber, der vor dem Bett kniete und auf dem Nachttisch die Paste anrührte. Er wusste nicht, was er sagen sollte, es war eine so liebenswürdige Geste, dass ihm die Worte fehlten.

«Lass nur», sagte Frau Anton und nahm ihrem Mann die Schüssel ab, «ich mach das schon.»

Anton stand auf und ging zur Tür.

«Danke sehr!», rief der Träumerling ihm rasch nach, und es drängte ihn, seine Dankbarkeit leise zu wiederholen: «Ich danke Ihnen, Anton!»

Ohne sich umzudrehen, schlurfte Anton weiter und murmelte: «Schon gut, schlaf jetzt!» Die Tür fiel ins Schloss und Frau Anton schaute etwas betreten. Sie setze sich zu dem Träumerling auf die Bettkante, nahm seinen Fuß und bedeckte die wunden Stellen mit der Salbe. Schließlich verband sie die Fersen sorgfältig mit einer Bandage.

«Hoffentlich wirkt die Salbe gut über die Nacht, dann werde ich morgen weiterziehen», sagte er gelassen.

Frau Anton richtete sich auf. «Aber wo willst du denn hin? Der Winter naht, die Winde verraten einen kalten Winter. Und deine Füße sind noch nicht geheilt. Bleib hier, wir haben dich gern bei uns.»

Er wehrte entschlossen ab: «Ich denke Anton …»

Sie unterbrach seine Worte: «Anton. Anton ist eine weiche Seele, auch wenn es nicht so scheint.»

«Ja, ich weiß, aber auch eine weiche Seele hat nicht immer ein offenes Herz, und ich glaube es ist nicht die richtige Zeit für meine Gesellschaft.»

Sie schaute zum Fenster hinaus auf den See und suchte nach Worten: «Ich weiß, sein Ton ist rau und er mag auch mürrisch sein. Er hat eine schwere Zeit», bedauerte sie.

«Ach, ist schon gut. Wissen Sie, ich habe Zeit mit Menschen verbracht, die waren äußerst höflich mit ihren Worten und lächelten mich an, aber ihre Geschosse aus versäumter Herzlichkeit und ausbleibenden Wohltaten trafen mich tief ins Herz. Für mich zählt ein Lächeln oder ein gutes Wort nicht immer mehr als eine gegebene warme Mahlzeit oder eine gutgemeinte Geste; auch nicht mehr als das Überlassen eines wertvollen Zimmers an einen Fremden.» Er lächelte sie demütig an. Frau Anton schmunzelte ihm verständnisvoll zu und ging zur Tür.

Er rief ihr nach: «Ich hoffe, er findet seine Freude wieder.»

Frau Anton lehnte sich an den Türrahmen und lächelte ihm zu. «Schön, dass wir dich hier haben, Träumerling.»

Der Träumerling wurde betrübt. «Ich würde Anton wirklich gerne helfen, Frau Anton, aber ich kann es nicht. Er wird es bereits erzählt haben, dass mich das Träumen verlassen hat. Es tut mir leid, ich hoffe Sie sind nicht enttäuscht.»

Sie nahm die Türklinke in die Hand und blickte ihn liebevoll an. «Ich habe auch nicht gesagt, schön, dass wir hier einen Träumerling haben, sondern schön, dass wir *dich* hier haben, mein Lieber.» Wie immer fand sie geeignete Worte, um seine Kümmernis aufzulösen und ihm einen seligen Schlaf zu schenken.

Die Nacht war dunkel und friedlich, und so legte sich die Ruhe des Dunkels über seine herrschenden Gefühle der Zerrissenheit eines Für und Wider zu bleiben und bescherte ihm Erholung und Heilung für seine Wunden.

Kapitel 6

Am Morgen saß Anton schon mit dem frühesten Licht auf der Veranda in seinem Sessel aus schwerem Eichenholz. Der Morgentau lag noch auf den Dächern und die ersten Kamine dampften die kalte Nachtluft in die Ferne. Anton bewegte seinen Geist durch die frische Luft und die geheimnisvolle Anmut der Nebelschleier, die durch den Hain zum großen See schwebten. Der Träumerling kam zu ihm hinaus. Er zögerte einen Moment darüber, auf welche der übrigen freien Sitzgelegenheiten er sich setzen sollte, denn nur Antons Sessel und ein Weiterer waren gepolstert. «Womöglich mochte dies Theklas Platz sein.» Er blickte zu Anton. Gerührt von dem morgendlichen Spiel der Natur war Anton so vertieft in seine Sinne und seinen Geist, dass der Träumerling still und leise ohne ein Wort einen der kleinen Holzstühle wählte und sich zu ihm gesellte. Er vermochte es nicht zu wagen, Anton in dieser Seligkeit zu hemmen.

«Setz dich hier hin», sagte Anton plötzlich und deutete auf den zweiten großen Sessel. «Auf diesen klapprigen Holzdingern kann man keinen klaren Gedanken fassen.»

Dann versank Anton wieder in seine Stille. So saßen sie lange schweigend beieinander und blickten zum See, bis die ersten Wägen der Leute rollten und die ersten Kinderfreuden auf den Straßen ertönten. Es fiel kein Wort, nicht einmal eine Geste stellte sich ein, und doch knüpfte das Schweigen ein Band zwischen ihnen, wie keine tausend Worte es hätten tun können.

Irgendwann drehte Anton sich zum Träumerling und sie sahen sich zufrieden an. «Ich verstehe jetzt was du hier draußen machst», meinte der Träumerling. «Ich habe das Gefühl der Morgen hat mit mir gesprochen.»

Anton nickte und antwortete: «So klar wie der Morgen, so klar werden unsere Gedanken.»

Der Träumerling nutzte die wohlwollende Stimmung und sprach weiter: «Deine Frau sagte, du verhandelst mit der Natur?»

Anton blieb zum See gerichtet und erklärte: «Ich suche Antworten und manchmal suche ich Fragen, um Antworten zu finden.»

«Warum der Morgen?», fragte der Träumerling weiter.

«Dann ist die Zeit noch rein.»

«Du meinst die Luft.»

«Die Zeit», antwortete Anton gewohnt bestimmt. Das hatte er irgendwo schon gehört. Doch er erinnerte sich nicht. Es kehrte für einen Moment lang ein angenehmes Schweigen ein. Die trockenen Herbstblätter zogen raschelnd über den Kiesweg und verteilten sich auf den Wiesenrändern.

«Ich höre, du möchtest abreisen?», fragte Anton.

«Es ist Zeit, denke ich.»

«Zeit wofür, für eine unbequeme Reise durch den kristallkalten Winter? Mit Wunden an den Füßen?» Er sah ihn herausfordernd an. Ohne darauf eine Antwort zu erwarten, fuhr er schnell fort: «Bleib die dunkle Jahreszeit bei uns im Dorf, niemand zieht in dieser Zeit umher, auch ein Träumerling nicht.»

«Aber du brauchst doch dein Zimmer, Anton. Ich kann das wirklich verstehen.»

«Nimm das Zimmer!», sagte Anton. «Es wird Zeit, dass ich mich wieder meiner Liebe widme, meiner geliebten Thekla. Sie hat mir Nachsicht genug geschenkt.»

«Thekla», sagte der Träumerling, «ist das ihr Name?»

Anton nickte. «Sie wird von allen Frau Anton genannt. Mit dieser Ansprache gebühren sie ihr den Respekt als meine Gemahlin.»

«Als deine Gemahlin? Das klingt wie bei Hofe», erheiterte sich der Träumerling. Anton schwieg. Und ohne auf die Worte des Träumerlings einzugehen fuhr er fort: «Hast du auch eine Liebe?» Der Träumerling wurde verlegen. «Ich bin nicht sicher.»

«Also, ja», lachte Anton. «Wie ist ihr Name?»

«Güte.»

«Eine Wesenheit?»

«Ja. Nur, sie ist fort, ich werde sie vielleicht nie wieder finden. Ich bin schon so weit gegangen.»

Anton blickte eine Weile schweigend vor sich hin, dann sprach er: «Wesenheiten tauchen dort auf, wo sie am meisten gebraucht werden.»

Der Träumerling wurde nachdenklich. «Aber warum ist sie fortgegangen?»

«Ist sie denn fort?», fragte Anton. «Es scheint mir, als sei sie noch immer bei dir.»

Der Träumerling verstand nicht. «Sie ist noch bei mir?»

Anton beugte sich zu ihm hinüber und sprach inniglich zu ihm: «In deinem Herzen! All deine Zeit, deine Sinne und dein Herz sind auf sie gerichtet. Bedingt nicht deine gesamte Reise auf ihrem Sein?»

«Wohl ist es so», murmelte der Träumerling. In Gedanken suchte er vergangene Bilder. «Sie kam zu mir in meiner dunkelsten Stunde.» Anton richtete sich auf und hörte aufmerksam zu. «Ich konnte meine Bestimmung nicht mehr erfüllen, denn das Träumen hatte mich verlassen.»

«Wie das?», fragte Anton.

«Es ist einfach passiert. Ich hatte meine Gabe verloren, meine Freunde und mein ganzes Sein.» Er schwieg und blickte verzweifelt zum Himmel hinauf.

Anton suchte nach tröstenden Worten: «Jene Gründe unserer Bestimmung liegen tief in uns verborgen, wir tragen sie mit uns, ob wir der Bestimmung nun folgen oder nicht, es kommt einzig darauf an, das eigene Licht in die Welt hineinzugeben. Du hast mehr zu geben als deiner Bestimmung nachzueilen. Du gibst der Welt den größten Wert, wenn du selbst erfüllt bist. So folgst du allem Sein und Wirken – und wofür du wirklich bestimmt bist, kommt dann von ganz allein.»

Der Träumerling fand sich wieder zurück in seiner gewohnten Zuversicht und schaute ihn bewundernd an. «Was hat dich so viel Weisheit gelehrt?»

Anton lachte mit seiner tiefen Stimme und lehnte sich zurück in seinen Sessel. Er schaute zum Hain und richtete sich wieder nach innen. «Die Welt der Natur und das Leben selbst, eben jene Dinge, die unsere strengsten Lehrer sind.»

Sie blickten in die Ferne zum großen See, bis Anton sagte: «Erzähl mir von deinem Leben, aus dem du gekommen bist. Wer sind deine Freunde, was ist das für eine Stadt?»

Und der Träumerling erzählte von den Menschen, der Stadt und wie ihm geschehen war. Auch von Madeleine und der Hoffnung, die ihn all die Zeit begleitet hatte. «Doch auch sie zog irgendwann weiter», sagte er bedauernd.

«Madeleine oder die Hoffnung?», fragte Anton.

«Ich glaube, als Madeleine fortging, verließ mich auch die Hoffnung», sagte er nach langem Sinnen.

Anton schwieg. Seine Augen leuchteten den Träumerling an und er drückte freundschaftlich seine Hand. Es war ein vertrauter Moment, dem – ohne, dass auch nur einer von ihnen es erahnte – der Beginn einer wunderbaren Freundschaft innewohnte.

Ein Mann lief am Haus vorbei, hob die Hand und wünschte einen schönen Guten Morgen. Dann rief er zu Anton: «Na, mein Guter, wie ich sehe gehst du wieder aufrecht. Hab gehört, du wolltest der Natur besonders nahe sein und hast dich mal wieder lieber flach gelegt», lachte und scherzte er. Der Träumerling bemerkte, wie Anton beschämt den Kopf zu Boden senkte, er erwiderte nichts. Wut zeigte sich, und er sah, wie Anton die Faust ballte und die Hand langsam die Farbe wechselte.

Sein Gesicht wurde starr und die Adern an der Schläfe traten immer deutlicher hervor.

Aber der Träumerling bemerkte ebenso eine tiefe Traurigkeit in ihm. «Was konnte dieser Mann nur meinen, was Anton auf diese Weise aus der Fassung bringen konnte», dachte der Träumerling bei sich. Er hätte nachfragen können, aber sein Zartgefühl verbot es ihm. Anton erhob sich hastig von seinem Sessel und lief ins Haus. Im weiteren Verlauf des Tages bekam der Träumerling ihn nicht mehr zu Gesicht. Er ließ die Situation in Antons schweigender Bitte verstummen.

Im Dorf gewann der Träumerling immer mehr erfreuliche Bekanntschaften und er erlebte sich von Tag zu Tag mehr in Frohsinn und Wohlgefühl. Sein Entschluss, die Reise bald fortzuführen, verschwand in den Freuden über die Gesellschaft von Thekla und den langen Gesprächen mit Anton. Selbst wenn sich sein mürrisches Gemüt immer wieder über seine Sanftmut erhob, erfuhr der Träumerling in Anton eine jener guten Seelen dieser Welt, die suchen, sich mühen und sich dem Leben hingeben. Sie wurden sich mit jedem Tag vertrauter und Anton nahm den Träumerling mit in seine geliebte Natur. Er zeigte ihm die Wälder, die Seen und die Felder. Er lehrte ihn all die Lehren des Lebens, die uns bereitliegen und allezeit bereit sind, uns zu lenken und zu führen, wann immer wir dem Leben gewahr sind. Sie strichen durch die Wälder und tauchten ein in das Reich der Tiere und deren Heim unter dem weiten Himmel. Nie zuvor war er einem Menschen begegnet, der sich in dieser Demut im Schutz der Natur bettete und sich in ihrer tiefen Weisheit führen ließ. Er lauschte an jedem wehenden Grashalm, erfrischte seinen Geist an jedem Tautropfen und festigte seine Seele mit jeder Berührung der Baumrinden. In jedem Erleben seines Seins traf er auf die Melodie der Welt und mit jedem Atemzug hüllte er sich in den Duft des Lebens ein. Je mehr Zeit er mit Anton verbrachte, und je mehr sie ihre Worte und Gedanken austauschten, umso mehr begann der Träumerling zu begreifen, auf welchem Irrweg er sich befunden hatte, als er mit Beharrlichkeit versuchte, von Menschen geliebt zu werden, die niemals gelernt hatten, sich selbst zu lieben oder gar den Zauber der Welt, der diese Liebe nährt.

Mit jedem neuen Tag gewann er an Freude und Hoffnung – auch ohne seine Gabe. Anton zeigte ihm die Früchte der Schöpfung und er erkannte, dass die Welt voller Gaben war; wenn es auch nicht seine waren, dann zeigten sie ihm doch, wie die Wesenheiten dieser Welt uns umgeben, uns beschützen und auf die Wege lenken, die uns bestimmt sind.

Die Zeit mit Anton war eine Zeit zwischen Himmel und Erde. Er vergaß gänzlich seine weitere Reise, nichts drängte ihn mehr weiterzugehen, denn auf seltsame

Weise fühlte es sich an, als käme er voran. Er fühlte sich Güte näher als jemals zuvor, näher als in der kühlen Nacht, in der er ihre Hände wärmte, näher als an dem Morgen, an dem sie seine Wange hielt und näher als in jenem Moment, als er spürte, wie sie in sein Herz einzog. Und so blieb er. Doch Güte kam nicht, und es blieb ihm nur das ferne Gefühl ihr nahe zu sein. Einzig die schöne Zeit im Dorf vermochte seine Wehmut zu heilen.

Als die Tage heller wurden und die Erde ihre ersten Frühjahrsboten schickte, wurde die Welt wieder leichter und die Winde trugen die Lüfte ruhiger und sanfter über die Menschen hinweg. Die Welt kam empor aus dem tiefen Schlaf in der Erde und das Leben erwachte mit jedem Grün, das grünte und mit jeder Blüte, die blühte. Nicht nur die Knospen begannen sich zu öffnen, auch die Gemüter der Menschen hüllten sich aus ihrer inneren Welt der Einsicht. Die Kristallzeit ging zu Ende und die ersehnte Zeit der Hingabe übernahm ihr Pflichtgebot.

Eine laue Brise wehte dem Träumerling um die Nase. Er saß an jenem frühen Morgen mit Anton auf ihrer geliebten Veranda. Mit einer wolligen Zudecke im Schoß schauten sie zum See, schwiegen wie jeden Morgen und tauchten in die Welt der Natur ein.

Thekla stellte sich in den Türrahmen und lächelte die beiden liebevoll an. Als Anton hineingegangen war, setzte sie sich zum Träumerling hin und nahm seine Hand: «Deine Freundschaft tut ihm gut. In manchen Momenten wirkt er beinahe heiter.» Sie musste lachen. Der Träumerling drückte verbunden ihre haltende Hand und legte sie in seine Hände. Alles war so friedlich im Dorf. Die Vögel zwitscherten, die milde Luft roch nach frischen Blüten und die kalte Luft schwand von Tag zu Tag mehr dahin. Aus der Ferne näherte sich plötzlich das kraftvolle Geräusch eines Hufschlages. Es kam näher und der Boden schien sich zu erheben, in kurzem heftigen Poltern, wie von hunderten Vollblütern.

Thekla entriss erschrocken ihre Hand: «Es ist soweit!», sagte sie vor sich hin.

«Was ist soweit?», fragte der Träumerling.

Sie sprang auf und eilte zur Tür: «Der König kommt. Ich muss nach Anton sehen. Bleib wo du bist!», sagte sie bestimmend und der Träumerling wagte nicht, sich zu widersetzen. Er blieb verwundert auf seinem Sessel sitzen und merkte, wie sein Herz immer stärker gegen seine Brust klopfte. Etwas war hier in Gange, etwas das nichts Gutes war, soviel ließ ihn sein unruhiger Herzschlag gewiss sein. Aber er befolgte Theklas Wunsch und blieb, wo er war. Die Hufen kamen immer näher und das Geräusch gewann an Kraft, er hätte schwören können die Pferde wären ihm ganz nahe, und in jenem

Moment dieses Gedankens, kam ein Aufzug königlichen Gefolges hinter dem Nachbarhaus hervorgepprescht und blieb zu seinem Erstaunen direkt vor der Veranda stehen. Die Reiter trugen eine purpurne Gewandung mit goldenem Wappen. Einer der Reiter blies Trompetenklänge, die offenbar den König ankündigten. Der Bannerträger folgte ihm, hielt die Lanze hoch und rief laut und bestimmt aus: «Der König!» Darauf ein weiteres Mal noch lauter und ehrwürdiger: «Euer König!»

Thekla kam aus dem Haus. Der Träumerling musste zweimal hinsehen, um sich zu vergewissern, dass es Thekla war; auf eine Weise, die er sich nicht erklären konnte, schien sie eine andere zu sein. Sie lief langsam und erhaben über die Veranda, ihr Blick wandte sich nur nach vorn, niemals zur Seite, obgleich der Träumerling sich sicher war, dass sie seine Anwesenheit auf der Veranda wahrnahm. Sie lief voller Würde, bis sie sich schließlich anmutig auf die oberste Stufe der Verandatreppe stellte und die Reiter empfing. Der Mann mit dem Banner neigte den Kopf nieder, es schien fast so, als verneigte er sich demütig vor Thekla.

Der Träumerling konnte kaum seine Gedanken fassen, «er musste sich irren, vielleicht suchte der Herr etwas auf seinem Waffenrock? Er konnte unmöglich …» Noch bevor er seine Gedanken zu Ende geführt hatte, sprach der Reiter Thekla an: «Eure Hoheit.»

Seine Verneigung hielt weiter an, bis Thekla ihn begrüßte: «Herzog.»

Er erhob sich, und als Thekla ihm bereitwillig seine Aufmerksamkeit erwies, fuhr er fort: «Euer Gemahl wird vom König auf dem Dorfplatz erwartet.»

Thekla schien wenig überrascht, sie hob den Kopf und senkte für einen Moment die Lider. Dann drehte sie sich um und lief mit gebanntem Blick zurück zur Haustür.

«Was geschieht hier nur?», fragte sich der Träumerling. Er blieb an seinem Platz und wartete ab. Wenige Zeit später hörte der Träumerling schwere Schritte im Haus, sie klangen nahezu eisern. Die Schritte hielten vor der Haustür inne. Wie gebannt führte sein Blick zur Tür, die Klinke senkte sich entschlossen und heraus trat ein großer Mann in Rüstung. Der Träumerling traute kaum seinen Augen, doch es war Anton. Er war bestückt mit einer prachtvollen Rüstung, wie sie nur einem König gebühren konnte. Sie glänzte so hell in der Mittagssonne, dass er nur schwer die purpurne Farbe des Umhangs erkannte. Dieser war aus schwerem, erlesenen Stoff und trug, wie die Waffenröcke der Reiter, ein golden besticktes Wappen. Nachdem der Träumerling seinen Sinnen wieder zu trauen bereit war, sah er Anton an und bemerkte erst jetzt, dass er eine Krone über seiner Kettenhaube trug. Eine Krone, bestückt mit großen dunkelgrünen Turmalinen. Es war eine traumhaft schöne Krone aus glänzendem, beständigem Gold mit kraftvoll funkelnden Steinen, wie sie in dieser Klarheit nur die Natur zu geben vermag.

Anton wirkte wie erstarrt. Er schaute nach vorne und lief an dem Träumerling vorbei, die Veranda hinab in Richtung Dorfplatz. Die Leute strömten ihm nach. Doch es war keine Stimmung für eine Festlichkeit, die Menschen sahen verstimmt aus. Dann kam Thekla aus dem Haus und lief besorgt der Menge nach. Der Träumerling war noch dabei seine Gedanken zu ordnen, doch sie verhalfen ihm nicht zur Ruhe, und so übernahmen seine Gefühle die Führung und sagten ihm, dass Anton seine Hilfe brauchte. Er lief schnellen Schrittes an der Menschenmenge vorbei und stellte sich, am Dorfplatz angekommen, hinter Anton. Auf dem Platz standen die Reiter aufgereiht in einem Halbkreis, die Pferde scheuten immer wieder durch die Jubelrufe der Leute und wohl durch die nicht zu verkennende aufgebrachte Stimmung, die die Luft durchdrang. Der fremde König saß auf seinem Pferd mittig der Aufstellung, seine Entourage schützend im Rücken.

Hinter Anton stand nur der Träumerling und unweit von ihnen hatte sich Thekla aufgestellt. Ihre Augen erfassten wie gebannt ihren Gemahl, ihre Haltung verriet die Bereitschaft, in jedem Moment loszubrechen, und es schien, als wolle sie Anton aus der Ferne mit ihren Armen stützen. Es waren merkwürdige Minuten, die vergingen, doch in seiner Brust spürte er, dass die folgenden keine gewöhnlicheren Empfindungen versprechen dürften. Anton stand nur da und rührte sich nicht. Fernerhin nicht, als der König von seinem Pferd sprang und sich vor ihm aufstellte. Thekla rief den Träumerling zu sich. Sie winkte ihm so entschieden zu, er solle zu ihr herüberkommen, dass er, gleichwohl in Anbetracht der vorherigen hoheitlichen Ansprache des Reiters, sich nicht widersetzte. Auf dem Platz wurde es still, der Träumerling sah in die Gesichter der Menschen. Keines glich dem andern, jedes schien sein eigenes Empfinden zu diesem Ereignis zu erheben. Doch jedes dieser Gesichter schien zu verstehen, worum es hier ging, nur er selbst stand am Rande des Geschehens und verweilte in Unwissenheit. «Was geschieht hier nur?», fragte sich der Träumerling abermals.

Der scharfe Klang einer Klinge riss ihn aus seinen Gedanken und führte seine Aufmerksamkeit wieder zum Schauplatz. Der fremde König hatte sein Schwert aus dem Schaft gezogen und hielt es auffordernd über seine rechte Schulter. Den Träumerling traf dieser Anblick wie ein Stoß aus der Leere, als sich die schwere Sorge um Antons Leben auf seine angespannte Brust legte. Weit tiefer noch traf ihn die Erkenntnis, dass Anton sein Schwert nicht erhob. Erschrocken sah er Thekla an, deren Augen in einem Meer aus gehaltenen Tränen schwammen. Standhaft stellte sie ihre Trauer zurück, niemand konnte diese Tränen sehen außer ihm, und wenn sie auch niemals diese Augen verlassen würden, so betraten diese Tränen doch unsere Welt, welche ihre Kinder in eben jener dunklen Stunden nicht immer zu halten vermochte, doch immer eine haltende Hand entsandt. Und so nahm der Träumerling Theklas Hand und hielt sie so fest, wie sie nur ein guter Freund halten konnte.

Dann geschah es. Anton griff nach seinem Schwert, doch seine Hand zog nicht daran. Sein Gesicht verriet, dass er es versuchte, doch seine Hand folgte nicht seinem Willen. Er stand da, als hätte ihn die Ohnmacht ergriffen und schließlich sank er erschöpft zu Boden. Auf den Knien, um seine letzte Ehre kämpfend, stützte er sich mit den Armen und versuchte, sich aufzustellen; doch vergeblich, sein müder Körper blieb über seinen starken Willen erhaben und er verharrte in einer wachen Ohnmacht.

Der König kam an Anton heran und erhob wütend sein Schwert: «Du Feigling! Du willst der König über diese Ländereien sein?» Er drehte sich zu der Menschenmenge, die zwischenzeitlich das gesamte Dorf ausmachte. «Dies soll euer König sein? Ihr solltet mich als euren Befreier ansehen, dass ich euch von diesem Schwächling erlöse!» Er legte sein Schwert an Antons Rüstung und zog ihn daran zu sich hoch. «Na los,

Bruderherz, zieh schon dein Schwert oder gibst du dein Land und deine Leute kampflos auf?»

Der Träumerling traute seinen Ohren nicht: «Sein Bruder?», stieß er überrascht aus und wandte sich an Thekla, die keinen Augenblick ihre Aufmerksamkeit von ihrem Mann nahm. Die Wut in Antons Augen stieg immer mehr auf, doch er regte sich nicht. Als der König von ihm abließ, fiel er wie eine Puppe zu Boden. Ein wehes Raunen ging durch die Menge. Thekla rannte zu ihrem Anton und nahm ihn hoch. Der Träumerling folgte ihr und gemeinsam stützten sie ihn wieder auf die Beine.

Mit feurigen Augen blickte der fremde König Thekla an und sagte: «Ich sage dir, Thekla, kommt er nicht zur Vernunft, werde ich den Kampf auf andere Weise austragen, dann werden all diese Leute hier seinen Kampf für ihn streiten!» Er schaute kühl in die Menge und lachte höhnisch. «Das nächste Mal werde ich keine Gnade walten lassen, meine Geduld ist zu Ende.»

Die königlichen Pferde stießen wiehernd hoch und die Reiter eilten dem König nach zum Dorf hinaus.

Stille. Theklas und Antons Blicke trafen sich, aber niemand sprach nur ein Wort. Erschöpft stellte sich Anton auf und schüttelte sich Thekla und den Träumerling von seinen Armen ab. In seiner Hast, den Platz zu verlassen, zogen die beschämten Gesichter der Leute ungesehen an ihm vorüber, und doch spürte er die widrigen Gedanken und die Enttäuschung des Volkes – *seines* Volkes. Sein Weg führte ihn über den Hain in die Wälder, zum großen See, dort, wo er seine trostlose Gestalt und seinen Kummer verbarg, bis ihn die wieder-gewonnene Vernunft zurück in sein Heim, zu seiner Frau schickten würde.

Der Träumerling und Thekla waren in der Zwischen-zeit nach Hause gegangen und saßen in der Küche bei einer Tasse Tee. Nunmehr konnte Thekla den offenen Fragen nicht weiter ausweichen.

«Thekla, was geht hier vor?», fragte der Träumerling inständig. «Oder soll ich sagen, Eure Majestät?» Es klang höhnisch, doch in der Frage steckte beträchtliche Ent-rüstung über die verborgene Wahrheit, die sich all die Zeit über ihre Freundschaft gelegt hatte. Thekla erkannte seine Enttäuschung. Tränen durchdrangen ihre Augen vor Bedauern. Die Tränen trafen ihn mitten in sein goldenes Herz und so wandelte sich seine ernste Miene wieder in die weichen Züge, die ihr immer solch eine Geborgenheit versprachen. Er beugte sich etwas näher zu ihr über den Tisch und sah sie erwartungsvoll an.

Thekla begann zu erzählen: «Ich denke, du hast nun mitbekommen, dass dieser König und Anton Brüder sind.» Sie erfuhr seine schweigende Zustimmung. «Nun, sein Bruder, Albert, ist der erstgeborene Sohn und hatte damit rechnen können, alle Ländereien einmal zu erben. Doch als der alte König starb, bekam Albert nicht das gesamte Königreich. Sein Vater vermachte Anton die außenliegenden Ländereien mit der tiefen Natur und den kleinen Dörfern. Albert erträgt diese Entscheidung bis heute nur schwer und fordert diese Ländereinen ein. Da er unser Volk, welches er als das seine ansieht, nicht bekämpfen möchte, forderte er Anton von der Habgier vernunftgelähmt zum Zweikampf heraus.» Thekla musste kurz durchatmen und nahm einen Schluck Tee. «Ein Kampf, dessen Ende nur ein Leben erhalten kann.» Ihre Erzählung ging ihr tief ins Mark, das konnte der Träumerling sehen. Dennoch verlangte er nach mehr Bericht und Thekla fuhr fort: «Es kam bereits zweimal zu einer Begegnung zum Kampf.» Theklas Hand wurde unruhig und so stellte sie die Tasse wieder vorsichtig auf dem Tisch ab. Ihre Gefühle fingen bei dieser Erinnerung an zu beben. «Der Kampf sollte beginnen und als Anton versuchte sein Schwert zu ziehen, blieb seine Hand wie versteinert starr am Holster. Nichts geschah. Bis er, wie ohnmächtig zu Boden sank, beide Male. Er lag nur da, wach und bereit zu kämpfen, aber nicht Herr über seinen Körper. Heute war das dritte Mal. Ich dachte diesmal würde er endlich kämpfen.» Sie blickte sehnsüchtig zur Decke hinauf.

«Du findest er sollte kämpfen?», fragte der Träumerling entrüstet.

«Ja», antwortete Thekla.

Er verstand nicht. «Aber, wie? Wie kannst du dir das wünschen, er könnte …» Er wagte nicht, weiterzusprechen.

Thekla schüttelte den Kopf: «Er würde nicht. Er würde ihn besiegen. Er hat ihn immer besiegt. Schon als Kinder hatte Albert nie eine Chance gegen Antons Schwert und seinen Kampf. Diesen Kampf würde nur einer überstehen, und das wäre Anton. Es sei denn, er überlässt dieser Ohnmacht die Entscheidung darüber, wer überlebt.»

Vorsichtig und in aller Demut wagte der Träumerling eine Frage, die sich in ihm auftat: «Fürchtet er ihn?»

«Er braucht sich nicht zu fürchten, er ist der bessere Kämpfer.»

«Er weiß das auch?»

Theklas Blick schweifte zum Küchenfenster hinaus. «Anton ist in der Natur zu Hause, er liebt deren Gleichmut und Frieden. Er ist ein guter und tiefer Geist, aber kein Krieger. Vielleicht hat er die Verbindung mit dem Schwert verloren und ist sich seiner Kraft nicht mehr gewahr. Diese Angst lähmt nicht nur seinen Schutz, sondern auch den Erhalt dieser Länder, die Freiheit und das Glück seines Volkes. Anton beginnt schon selbst, sich einen Feigling zu schimpfen.»

In Gedanken versunken grübelte der Träumerling bemüht. «Angst», sprach seine innere Stimme immer wieder aus. Angst war nur für jene zu erkennen, die seinen Körper auf der Erde liegen sahen, die seine Hand wahrnahmen, die losgelöst von jedem Willen zu versteinern schien. Doch er war zur Zeit des Geschehens in Antons Nähe gewesen, hatte ihn nicht aus den schützenden Augen gelassen und in keinem Augenblick dieses verzweifelten Unterfangens hatte er in Antons Augen Furcht erkennen können, nicht weniger in seinem Ausdruck. Und doch sprachen alle von Angst – Antons Körper, Antons Volk und sogar er selbst sprach von Angst.

Am Abend saß der Träumerling an dem kleinen Holztisch in seinem Zimmer. Seinen Kräutertee hielt er fest in den Händen und wärmte sich daran. Immer wieder führte er die Tasse zum Mund, bis der heiße Dampf auf seinen Wangen ihn daran erinnerte, dass der Tee noch zog. In seinem Kopf irrten die Worte von Thekla umher und er wusste sie kaum zu bändigen. Die Nacht versprach ihm wache Stunden, wenn nicht Anton bald nach Hause käme und er sich mit der Gewissheit zu Bett legen könnte, dass es ihm gut ginge. Mit jedem Knarren der Schränke im Flur und mit jedem Ast, der gegen die Hauswand wehte, schreckte er auf, und die Hoffnung stieg in ihm hoch, dass es Anton war. Seine Hände glühten von der heißen Tasse und er bemerkte, dass er sie noch immer nicht abgestellt hatte. Er rieb sich die geröteten Finger mit dem Daumen und strich sich die schmerzenden Hände über die Hose; doch diese Sorge kümmerte ihn nicht, sein Geist bewegte sich nur zwischen seinen Gedanken über das Geschehene und der Erwartung auf die schweren und festen Schritte von Anton, auf die er inbrünstig durch die Tür zu kommen hoffte.

Das Dunkel der Nacht hatte seinen Höhepunkt erreicht, der Träumerling wäre bald auf den Arm gestützt in den Schlaf gefallen, da knarrte die Haustür und es rumpelte im Flur. Schnell erhob er sich – leider schneller als sein Körper nachkam. Er stützte sich am Tisch und gab sich einen Augenblick Zeit, um sich wieder bewusst zu werden. Draußen vor der Tür hörte er Antons Schritte, der in der Zwischenzeit durch den Flur gekommen war und zu Thekla ins Schlafzimmer lief. Hastig bewegte sich der Träumerling zur Tür und lugte hinaus. Da stand Anton und sah ihn an. Ein Lächeln hatte er nicht erwartet, aber dieser Anblick traf sein Gemüt doch schwer. Anton sah müde aus, wie erschlagen und zugleich tieftraurig. Seine roten, geschwollenen Augen verrieten seine Verzweiflung in den letzten Stunden.

Anton bewegte müde seinen Kopf hin und her und gab seine Unpässlichkeit zu verstehen. «Morgen», sagte er mit gedämpfter Stimme, «morgen.» Der Träumerling wünschte ihm verständnisvoll eine gute Nacht und ließ die Tür ins Schloss fallen. Wenige Zeit später konnte er Theklas Stimme hören. Zwischen ihren Worten ertönte manchmal ein kurzes Brummen von Anton und dann wieder Theklas Stimme, die immer wieder einen lauten Höhepunkt erreichte, der dann nach einem Brummen wieder abfiel. Als im Schlafzimmer nebenan Ruhe eingekehrt war, schlief der Träumerling von Sorge ermüdet ein. Die Nacht schenkte allen Ruhe und Erholung.

Kapitel 7

Lange hatte Anton den Tag nicht mehr so spät begonnen, wie an diesem Morgen nach jenem erdrückenden Ereignis. Die Vögel hatten den Träumerling schon früh mit ihrem Gesang durch das offene Fenster geweckt. Es roch nach einer frischen Brise, die durch die Blumen der Gärten gezogen war und der Himmel versprach einen sonnigen Tag. Thekla war bereits im Garten und beschnitt die Rosen, als der Träumerling zu ihr nach draußen kam und sich nach ihrem Befinden erkundigte.

Er kniete sich neben Thekla unter den Rosenbogen und legte seine Hand auf ihr Bein. «Geht´s dir gut?», fragte er.

Sie bemühte sich zu lächeln. «Es geht schon.» Behutsam berührte sie seine Hand und gemeinsam betrachteten sie die Knospen, die auf einen neuen Anfang hoffen ließen.

Zum Mittag hin verließ Anton das Haus und verschwand, für die meisten Augen unbemerkt, zwischen dem Hain und den hochgewachsenen Feldern. Er bewegte sich leise und verdeckt, er eilte wie eine gespenstische Gestalt, die sich keinem zeigen wollte, hinfort. Die Scham vor sich und der Welt jagte ihn hinaus in die Felder fort von Enttäuschung und Groll.

Thekla und der Träumerling sahen ihm nach. «Ich werde ihm folgen», sagte er und machte sich ebenfalls auf zum Hain. Er suchte Anton in den Wäldern und an den Gewässern, bis er ihn an der alten Weide beim blauen See entdeckte. Anton saß auf einem großen Baumstamm, der tief gewachsen durch den Sand am Ufer verlief. Er schaute aufs Wasser. Versunken in seinen Gedanken bemerkte er den Träumerling erst, als dieser sich von hinten näherte und auf eine morsche Wurzel trat.

Anton schmunzelte. «Na, komm schon her und schleich nicht so rum!» Der Träumerling setzte sich zu ihm. Für einen Moment war es still, keiner sprach ein

Wort. Dann begann Anton: «Ich habe dir nichts davon erzählt, weil ich denke, dass es schlimmer wird, wenn ich davon spreche.» Der Träumerling schaute weiter aufs Wasser. Anton verstand den schweigsamen Hinweis.

Nach einer Weile sagte der Träumerling: «Es scheint, als könnte es nicht noch schlimmer werden.»

«Vielleicht mag es so sein, was mein Dorf oder mein Leben betrifft, aber in mir, in meiner ganz eigenen Welt wird es schlimmer, je mehr ich darüber nachdenke und je mehr ich darüber spreche. Kannst du das verstehen?»

Endlich schaute der Träumerling ihn an. «Ja, ich kann dich verstehen, aber ich denke, du folgst einem Irrglauben.»

«Ich habe an Albert gedacht und schon kam seine Truppe angeritten.»

«Sie wären auch gekommen, ohne dass du deine Gedanken auf ihn gelenkt hättest. Deine Gedanken haben dich nur darin bestätigt, dass er auf dem Weg war und du es erspürt hast. Er kommt sowieso und will sich holen, wovon er meint, dass es ihm zusteht; du lenkst ihn nicht. Diese Macht hast du nicht, Anton.» Wieder verweilten die beiden schweigend nebeneinander und betrachteten das friedliche Wasser.

«Vielleicht ist es an der Zeit diese Gedanken frei zu lassen», sagte der Träumerling wenige Momente später, «wenn sie immer wieder kommen, möchten sie wohl

Gehör finden. Erzähl mir davon. Erzähl mir von euch Brüdern, von eurem Vater und euren Versäumnissen!»

Bei diesem Wort schreckte Anton zusammen. «Was willst du damit sagen?»

«Niemandem wird eine Schuld zugewiesen», erwiderte der Träumerling schnell, «doch etwas muss passiert sein, dass dieser Zwiespalt herrscht. Irgendetwas hat dazu geführt, dass sich eure gespaltenen Herzen wie eine Säge über diese Länder aufstellen. Sie drohen all das, was sein könnte, für das, was war zu spalten – ohne das, was ist zu heilen.»

Anton sah ihn lange an und der Träumerling konnte bald schon wieder Glanz in seinen Augen erkennen. «Was konnte ein Bruderpaar so spalten?», fragte der Träumerling und stütze den Kopf auf die Hände.

«Mein Freund, ich will es dir wohl erzählen, doch die Gedanken und die Worte darüber erschweren mich so sehr, dass ich nicht weiß, ob mein Herz dies heute tragen kann.»

Der Träumerling nahm seine Hand und zog ihn mit sich mit. «Vielleicht hilft es dir, wenn wir dabei ein paar Schritte gehen, mit jedem Schritt lässt du deine Worte und deine Gedanken zurück auf unserem Weg, so wirst du dich leichter fühlen.» Er zwinkerte Anton zu.

Gemeinsam durchquerten sie den feinen Sand des Uferlandes, der ihre Füße immer wieder im Boden versinken ließ und ihnen den Spaziergang erschwerte. Sie gingen langsam voran, die Sonne schien durch die Bäume aufs Wasser und die Vögel flogen über die glitzernden Bewegungen des Sees hinweg.

«Schön», sagte Anton irgendwann, «dann will ich dir von Albert erzählen.» Tief zog er die frische Waldluft ein. Als er zu erzählen begann, schoben sich dicke graue Wolken vor die Sonne und es wurde kühler. «Mein Bruder und ich lebten als Söhne des Königs auf dem Hof im Schloss. Mein Bruder sollte als Erstgeborener den Thron erben. So bekam er schon früh die Aufgabe, ein guter König zu werden; und wie ein guter König wäre, gab mein Vater vor. Albert wollte diese Aufgabe unbedingt erfüllen und meinen Vater stolz machen. Wohl nicht nur, um seine Bestimmung zu erfüllen, sondern auch, um der Liebe unseres Vaters wegen, die so unerreichbar schien, als würde der König uns zu einem Moorbad inmitten seiner missliebigen Natur einladen.» Dies ließ ihn für einen Moment lächeln, dann fuhr fort: «Mein Vater, der König, erwartete stets das Beste von meinem großen Bruder. Er sollte ein großer König werden. Das Leben bei Hofe war zuvorkommend und auch berauschend mit all den Gütern, die uns zur Verfügung standen, aber es konnte auch sehr rau sein, immer dann, wenn es darum ging, die Aufgaben und Pflichten eines Prinzen zu erfüllen. Für meinen Bruder bedeutete es große Mühe, sich auf die Aufgabe vorzubereiten, der künftige König zu werden. Wir hatten scheinbar alles, und doch, wenn wir hineinhorchten, wonach unser Herz verlangte, hatten wir nichts. Nichts von dem, was uns wirklich glücklich machte, konnte uns der Hof geben.

Mein Bruder war ein Lebemann. Er hielt sich gerne heimlich in den Tavernen auf und feierte bis früh in den Morgen hinein. Er liebte die Menschen und das Leben mit all den schönen Dingen wie Met, den Tanz und die Musik.» Wenn man die Menschen kennt, meinte er stets, kenne man auch das Volk. Und ein guter König muss das Volk kennen und lieben.

Der Träumerling amüsierte sich über diese Worte. «Klingt nach einer Frohnatur – und ihr habt euch gut verstanden?», fragte er schelmisch.

Anton schmunzelte. «Ich sprühte zwar nie vor Übermut, aber mein Frohsinn hatte auch bessere Zeiten.»

Der Träumerling lachte und klopfte ihm verbindlich auf die Schulter. «Schon gut. Erzähl weiter!»

Anton suchte in seinen Erinnerungen nach Bildern von damals und fuhr mit seiner Erzählung fort: «So verbrachte er viel Zeit unter dem Volk und feierte das Leben. All das fehlte ihm, wenn es im Schloss immer darum ging, ihn auf seine Aufgaben als Erstgeborenen vorzubereiten. Das war hart für ihn, aber er hielt all dem Stand und kam seinen Pflichten nach, auch wenn ihm das schwerer fiel als jedem anderen. Der größte Lohn für ihn war jedoch nicht der Thron und nicht die Ehre.

Nichts hatte ihn mehr erfüllen können als das Lob und die Anerkennung unseres Vaters.»

«Und was ist mit dir, hattest du dir das auch gewünscht?», fragte der Träumerling.

«Ich spielte als Zweitgeborener keine große Rolle und so stahl ich mich oft unbemerkt fort in die Wälder, wenn unser Vater durch das Land zog, um sein Herrschaftsgebiet zu erweitern und weitere Macht zu erlangen. Manchmal nahm ich meinen Bruder mit, auch wenn er sich mit großem Widerwillen sträubte. Er fürchtete meinen Vater. Der König hielt nichts davon, sich in der Natur aufzuhalten, er hielt es für unnützen Zeitvertreib.» Anton ließ seinen Blick über den See und die Bäume schweifen. «Oh, wie sehr er sich doch irrte.»

«Du bist vor all dem geflüchtet», stellte der Träumerling fest.

«Ja», sagte Anton und atmete auf, «ich war ein Kind der Wälder und hielt mich jede Zeit, die mir blieb, in der Natur auf. Ich strich durch die Gräser, trank den Morgentau auf den Blättern der Äste und mein Bett war das Moos auf dem weichen Waldboden. Die Morgendämmerung war für mich das höchste Gut, eben jene Zeit, wenn der Zauber der Welt sich gerade vor der noch schlafenden Welt zu verstecken beginnt. Die Nebel trennen die beiden Welten. In dieser Zwischenzeit scheint die Welt für einen kurzen Moment stehen zu bleiben und das Ufer der großen Seen wird zu einem

Zauberspiel. Die vier großen Winde sausen über die Wässer, durchstreichen das Grün der Bäume und die Farben und Düfte erwachen.»

Anton erinnerte sich: «An jenem Morgen, der alles veränderte, war auch Albert hier. Er erfreute sich am Sonnenaufgang und war ganz in das schöne Naturspiel des Morgens eingetaucht. Eine alte Eiche bewegte sich mit den Winden und ihre Blätter raschelten an den Ästen, als würde sie zittern. Albert ging zu der großen Eiche hin und fühlte ihre starke, dicke Rinde. Als seine Hand über das Holz strich, begann die Rinde sich zu wölben und der Stamm löste sich aus seiner Starre. Aus der Baumrinde hatte sich ein Gesicht geformt, gleich einem alten Weisen, der uns Brüder ruhig und geduldig ansah. Das Pochen unserer Herzen ließ den Moosboden unter unseren Füßen beben. Albert hatte bereits sein Schwert gezogen und forderte den Baum auf, sein Belang vorzutragen. Er sprach wie ein König, seine funkelnden Augen zeigten Entschlossenheit und Erhabenheit. Er war bereits mehr ein König geworden als ich es bemerkt hatte – bis zu diesem Augenblick.»

Anton lächelte über diese Erinnerung. Er pflückte einen hohen Halm und berührte behutsam die seidige Ähre. Der Träumerling wurde einige Schritte schneller und drängte sich seitlich vor Anton, um ihn mit einem erwartungsvollen Blick zum Weiterreden zu bewegen.

Dieser erwachte aus seiner Erinnerung und erzählte weiter: «Das Gesicht begann sich langsam zu formen und der Geist des Waldes sprach zu uns. Wie erstarrt lauschten wir seinen Worten. Ich erinnere mich noch immer an meine Gefühle in diesem Moment. Es war, als wäre die Zeit stehengeblieben und alles um uns herum verschwamm, so als wären wir inmitten eines Gemäldes und der Rand würde mit Wasser überspült werden. Je mehr alles um uns herum verschwand, desto mehr spürte ich mich selbst und meine wache Geistigkeit an diesem Platz. Die Worte, die ich hörte, schienen direkt in mein Herz zu fließen, sie übersprangen den Weg über meinen Verstand und kein Gedanke des Zweifels oder der Vernunft stellte sich ein.»

Der Träumerling verstand, dass diese Begebenheit für Anton etwas Großes war. «Was hat er euch gesagt?», fragte er ungeduldig.

«Der Baum bewegte die Lider langsam auf und ab, dabei schien das Gesicht immer wieder zu verschwinden, solange er die Augen geschlossen hielt. Dann zog er Luft, so als würde er tief einatmen und die mächtigen Äste wogen sich gleichmäßig mit seiner Bewegung mit. Wind kam auf und rauschte durch das Blattwerk. Mit dem tönenden Rascheln von hunderten Blättern begann er zu sprechen:

Albert, der König.

Albert erklärte, dass er der Königssohn sei.

Die Antwort war ein Lächeln und der Baum sagte:

Es gibt Herrscher, die erhalten ein Königreich und es gibt Könige, die schaffen ein Himmelreich.»

Verwundert schaute der Träumerling Anton an.

Anton fuhr fort: «Seine Botschaft hauchte er geruhsam wie ein Gedicht in den Wald:

Und so wandelt ihr kleinen Weltenkinder mit eurem Licht durch diese Welt und durch das Leben hin zu eurem wahren großen Sein. Ob nun getragen von der Bestimmung oder vom Mut, wagt ihr eure Reise und wachst an euren Entscheidungen und eurem wahren Glück. Du, König Albert, bist geboren mit deiner Bestimmung für dein großes Sein als guter König.

Seine dunklen rindenumwobenen Augen blickten uns sanftmütig an. Dann schlossen sich die Lider abermals, doch diesmal verbindlich, und der Baumgeist zog sich zurück in sein Inneres und begab sich wieder hinein in das große Gefüge der Weltenseele. Das Gesicht verblieb erkennbar in der Rinde. Es ist heute noch zu sehen!»

«Es ist nie verschwunden?», fragte der Träumerling.

«Es heißt, wenn der Geist des Waldes einmal durch seine Kinder gesprochen hat, verbleibt sein Angesicht für immer in der Baumrinde. Manche zarten Seelen können sie erkennen, wenn sie durch die Wälder gehen und genau hinsehen.»

«Das ist wundervoll», flüsterte der Träumerling. «Und wie war das für Albert?»

«Albert freute sich über die Prophezeiung und konnte es kaum erwarten, irgendwann den Thron zu besteigen, die Menschen, die er so sehr liebte, zu führen, sie zu schützen und ihnen ein gutes Leben zu geben. Wenn er einmal König wäre, würde er acht große Feste im Jahr einführen, die tagelang gefeiert werden würden, mit dem gesamten Volk und allen Menschen. Die Kinder würden allesamt Instrumente bekommen, um die Kunst des Musizierens zu erlernen, damit das Königreich stets den Klang des Glücks erfährt und die Menschen niemals die Freude in ihren Herzen verlieren würden. Er war überschwänglich vor Freude und guter Gedanken. Er fühlte sich getragen vom Segen der Natur, den Thron zu besteigen und ihre kleine Welt zu einer besseren zu verändern. Alles klang so wundervoll und ich sehnte mich nach dem Tag, an dem Albert unser König werden sollte. Er würde ein guter und gerechter König werden, da war ich sicher. Doch die Zeit verging und als wir wieder mit allen Sinnen bei Hofe angekommen waren, überkam Albert eine innere Zerrissenheit. So sehr er sich auf seine Aufgabe als König freute, so sehr fürchtete er, ihr nicht gerecht zu werden. Immer mehr wurde die Erkenntnis über seine Bestimmung für ihn zur Pflicht und er strebte danach, ein guter König zu werden. Er folgte eisern den Lehren und Bedingungen unseres Vaters. Doch Hohn und Spott ergoss der König über meinen Bruder bei jedem

Versagen. Es verging kein Tag, an dem er zwischen uns Brüdern keinen Vergleich anstellte. Sieh dir deinen Bruder an, hatte er stets zu Albert gesagt, ihm ist der königliche Verstand und das strategische Geschick eines Herrschers in die Wiege gelegt worden. Er könnte morgen schon König über die Ländereien sein!»

Die Worte der Vergangenheit drangen tief durch Antons Erinnerung. «Es war nicht die Wahrheit, die er sprach, es war die Erwartung, dass Albert sich noch mehr anstrengt. Das tat er bereits, mehr als es seine Kraft zuließ. Doch die Anerkennung vom König blieb aus. Mein Bruder wurde mit jedem Tag unglücklicher. Seine Lebensfreude und seine Leichtigkeit, mit der er auf die Dinge in der Welt blickte, verschwand zusehends. Sein erheiterndes Lächeln verwandelte sich in eine strenge, starre Miene.»

Anton senkte den Kopf und beobachtete betrübt das weiche Gras, das sich mit jedem Schritt um seine Schuhe wand.

Tiefes Mitgefühl erwachte in seinem himmlischen Freund, der leise bemerkte: «Er hat sein Leben verlierend gelebt.»

«Wahrhaftig», seufzte Anton, «wenn wir auch stets beieinander waren, hatte ich das Gefühl, dass er nicht wirklich zugegen war und dass er sich immer weiter entfernte, nicht nur von mir, auch von dem Leben selbst. Ich begann meinen Bruder zu vermissen, sein fröhliches

Wesen, all seine Leichtigkeit, die unser Vater so verachtete. Dennoch, das Volk liebte ihn. Er hätte ein guter Herrscher werden können.»

Der Träumerling horchte auf. «Hätte werden können?»

Anton erklärte: «Als der König starb, vermachte er nicht, wie erwartet, alle Ländereien meinem Bruder, sondern nur jene, die das Schloss umgeben. Über all die anderen Ländereien mitsamt ihren Wäldern und den großen Wässern sollte ich herrschen.»

«Bitte erlaube mir die Frage, Anton», warf der Träumerling ein, «aber ist das Land mit dem Schloss nicht Herrschaft genug für einen König, der nie nach der Pflicht zu herrschen strebte?»

«Ich verstehe, was du meinst», sagte Anton, «doch zu diesem Zeitpunkt stand es um das Bestreben meines Bruders anders. Sein gesamtes Leben hatte er damit verbracht, meinem Vater zu gefallen und der Herrscher zu werden, den mein Vater erwartet hatte. Ich konnte immer tun und lassen, was ich wollte. Ich war in der Natur, genoss die Luft und das Grün, rang nicht um die Gunst meines Vaters, sondern bekam sie ohne Bedingungen. Albert ertrug dies all die Zeit ohne Argwohn, aber als er das Vermächtnis offenbart bekam, merkte ich, wie sich etwas an ihm veränderte, etwas, dass ich zuvor nie an ihm gespürt hatte. Er wurde zu dem König, den sich mein Vater immer von ihm gewünscht hatte. Ein König, dessen alleiniges Ziel es war, sein Reich zu erweitern, seine Macht und seine Herrschaft zu zeigen.» Der Träumerling bemerkte wie Antons Atem für einen Moment stockte. Aufmerksam lief er neben ihm weiter und wartete, bis Anton weitersprach: «Die Jahre vergingen und das Land wurde immer mächtiger. Mein Bruder schmiedete Bündnisse oder vereinnahmte die umliegenden Länder. Und so kam es, dass er eines Tages meine Ländereien forderte. Das Unrecht, diese Länder dem Zweitgeborenen zu vermachen, wolle er nun heilen. Er forderte mich dazu auf, die Ländereien herauszugeben und mit Thekla zu verlassen. Er drohte damit, sie sich anzueignen – und sei es, dass er in unser Dorf und das Land mit seinem Heer eindringen müsse. Seither fürchte ich, mein geliebtes Dorf und mein Land zu verlieren, ich fürchte um die Freiheit meines Volkes. Diese Wälder und Wiesen sind mein Leben. Sie geben mir Kraft und nur dort finde ich Antworten. All meine Gedanken und Sorgen kennt niemand so gut wie diese Natur hier. In jedes Grashalm und in jeden Tautropfen habe ich meinen Geist gegeben, und die Natur spricht zu mir zurück. In meinen dunkelsten Stunden gibt sie mir Halt und Hoffnung.»

Der Träumerling verstand. Da er bemerkte, wie sehr Anton all diese Erinnerungen berührten, stellte er die entscheidende Frage überaus behutsam: «Wie hast du auf die Forderung reagiert?»

«Ich habe sie abgelehnt und bat ihn um Nachsicht», antwortete Anton, «ich erklärte ihm von meiner Liebe zu den Ländereien und die Sorge um die Menschen, die unseren Kampf austragen müssten; also forderte er einen Zweikampf. Seit diesem Tag fürchte ich sein Erscheinen.»

Der Träumerling unterbrach das Pflücken der hochgewachsenen Wildblumen auf ihrem Weg und sagte erwartungsvoll: «Thekla sagt, du bist ein guter Kämpfer, du würdest ihn besiegen.»

Die Schwermut, die sich mit einem Mal über das Gespräch legte, ließ Anton schwer atmen. «In unserer Kindheit und auch später noch, hatten wir viele Übungsstunden im Kampf. Es waren immer die schwersten Stunden für mich. Kein Kampf verging, den ich nicht gewann und kein Kampf, in dem Albert nicht verletzt wurde. Es waren nur kleine Wunden, leichte Prellungen oder Kratzer, aber die Wunden in seinem Herzen waren größer und sie trafen ihn tief, wenn mein Vater über ihn spottete und mir gratulierte, ich kämpfe wie ein wahrer König. Ich suchte immer wieder einen Weg ihn gewinnen zu lassen, aber hätte ich das Schwert gesenkt, hätte er mich getroffen. Also gewann ich jeden Kampf, und das würde ich wohl auch heute noch.»

«Du fürchtest ihn zu verletzten und ihn zu verlieren?», sagte der Träumerling mitfühlend.

«Ich habe ihn längst verloren.»

«Er hat sich verloren. Das ist ein Unterschied», widersprach ihm der Träumerling.

Doch Anton schien sich seinen Gefühlen gewiss: «Er ist nicht mehr mein Bruder, er ist nicht mehr derselbe. Ich empfinde nichts, also würde ich auch gegen ihn kämpfen, wenn ich könnte.»

Der Träumerling versuchte, ihn milde zu stimmen. «Du empfindest Angst.»

«Scheint so», sagte Anton.

«Das ist ein Anfang. Du kannst ihm helfen, sich wiederzufinden.»

Anton starrte in die Ferne und der Träumerling begriff, dass sein Beitrag zur Besänftigung vergebens war. «Du hast dich also entschieden», lenkte er schließlich ein.

Anton schwieg für einen Moment. Dann sagte er bestimmt: «Nur diese Angst hält mich auf. Wenn ich sie nur wegwünschen könnte.»

Der Träumerling wurde traurig und für einen Augenblick versetzten ihn diese Worte zurück zu seinen eigenen Sorgen. Er dachte daran, dass er nicht mehr träumen konnte. Doch er dachte auch daran, wie sich sein Leben seither gefügt hatte, auch ohne sein Träumen und er spürte eine Zuversicht, dass die Wege des Schicksals ihn schon führen würden. Sein Herz würde ihm Helfer sein, seinen nahen Lieben helfen zu können, zwar ohne himmlische Gabe, doch mit all seiner himmlischen

Weisheit, welche die ewige Zeit der Welt ihm vermacht hatte.

So sprach er mit gutem Willen weiter zu seinem Freund: «Weißt du, Anton», sagte er bedacht, «Ablehnung ist eine Gewalt, die wir nur schwer ertragen können. Wenn das Versagen von Liebe zu Unrecht wird, kann die Wut nicht mehr aufgehalten werden, und diese Wut sitzt tief in Albert. Der König kann sie nicht empfangen, deshalb schickt er die Wut zu dir.» Der Träumerling schaute zu Anton, dessen Gesicht für einen Augenblick weicher erschien.

«Er hat dich doch immer geliebt, Anton.»

«Ja», antwortete Anton zögerlich, «und ich habe ihn geliebt. Aber die Liebe, die er suchte, fand er nicht. Die Liebe unseres Vaters blieb unerfüllt.»

Sie bogen in einen kleinen Waldweg ein, der durch die Lichtungen und an einem kleinen Bach entlang führte. Anton schöpfte sich etwas Wasser mit der Hand und goss es sich über das Gesicht.

«Und was ist mit dir?», fragte der Träumerling und ließ ebenfalls seine Hände durch das kühle Bachwasser gleiten, «hat der König dich je geliebt?»

Anton schüttelte den Kopf und lachte. «Er wusste nicht, was das ist. Aber das tat mir nichts. Ich fand die Liebe in mir selbst. Die Natur lehrte mich die Verbundenheit mit aller Liebe auf der Welt, so lebte ich stets nach meinem Sinnen und Betragen, wie es mich überkam. Albert fand keinen Weg, die Leere in seinem Herzen zu füllen, weil er immer nur das Verlangen ausfüllen wollte, das unser Vater spürte. Bis heute, über seinen Tod hinaus, versucht Albert unseres Vaters Leere zu lösen und übersieht, dass seine eigene immer größer wird. Alles, was er je gebraucht hatte, war die Freude am Leben und die Leichtigkeit. Mit den Forderungen des Königs wurde sein Leben unerträglich. So hat er sich verloren. Nun ist er nur noch ein Abbild unseres Vaters. Ein liebloser ungerechter König, so, wie er nie sein wollte. Seine Bestimmung, ein guter König zu sein, kann er nun nicht mehr erfüllen.»

Nachdenklich schwiegen sie gemeinsam.

«Lass uns nach Hause gehen», sagte Anton plötzlich und schaute zu den Baumkronen hinauf, «die Dämmerung bricht herein und meine Geschichte war schon düster genug.»

In der Nacht schwirrten die Gedanken empor zum Baldachin und schienen sich im schweren Webstoff zu verhängen, so sehr wiederholten sich dieselben Empfindungen immer und immer wieder, ohne einen Ausweg darüber zu finden. Der Träumerling lag auf seinem Bett und dachte über Antons Geschichte nach, über seinen Bruder Albert und dessen Verdruss. Die Gegebenheiten gingen ihm aus natürlichem Grund sehr nahe, Anton war sein Freund, doch all das berührte ihn tiefer in sich selbst, als er es sich zu erklären vermochte. Wenn er seine Gedanken um Albert bemühte, versetzte es ihn nicht in Verdrießlichkeit oder gar Wut – nein – es begegnete ihm Schmerz, ein Schmerz, der sich für ihn auf unbekannte Weise vertraut anfühlte. Nie zuvor hatte er darüber nachgedacht, wie Albert sich fühlen könnte; gewiss wollte eben dieser seinen Freund bekämpfen, doch nun, da er die Geschichte der Königsbrüder kannte, entschwand ihm ein Gefühl, das er um der Ergebenheit Antons wegen nicht zulassen wollte. Da die Müdigkeit sich über seinen Geist legte, mussten die Gedanken im Kopf weichen und die regen Überlegungen eilten durchs gekippte Fenster hinaus in die Dunkelheit, um dort bis zur ungewissen Zeit ihrer Erlösung zu verbleiben.

Am Morgen traf der Träumerling wieder auf die bewährten Empfindungen der Nacht, die ihn im frühen Licht auf der Veranda erneut begrüßten und darauf warteten, gelöst zu werden. Doch an diesem Morgen war er nicht nur müde von der späten Schlafenszeit, sondern ebenso von den Anstrengungen seines Geistes, und so schenkte er den flehenden Gedanken keine Aufmerksamkeit und ging in den Garten. Die weißen Maiglöckchen am Wegesrand schenkten ihm einen Augenblick der Freude. Die Aussicht auf die warmen, lebendigen Tage, auf jene Zeit, die alle Sorgen heilt, erheiterten ihm den Morgen und er gab seine Hoffnung an die zauberhaften Blumen, dass sie doch alles zum Guten fügen mögen. Er pflückte drei Maiglöckchen für Thekla. Sie dufteten wundervoll frisch und lieblich. Auf dem Pflanztisch stand ein kleines Glas mit Relief, dies befüllte er mit Wasser aus der nebenstehenden Metallgießkanne und stellte die Maiglöckchen hinein.

Anton kam zu ihm in den Garten, er schmunzelte und sprach ihn warnend an: «Mein lieber Freund, ich weiß, du kommst aus einer anderen Welt, dennoch bin ich sicher, dass auch dir es gut täte, deine Hände hier hineinzugeben.» Er zeigte auf das Wasser in der Regentonne.

Der Träumerling lächelte ihm zu und sagte unbekümmert: «Wie könnte ich etwas so Zauberhaftes fürchten müssen?»

Anton nahm das Glas und roch an den Blumen. «Ihre Schönheit ist zauberhaft, doch ihr Gift ist meisterhaft, um diese Schönheit zu schützen.»

Der Träumerling tauchte seine Hände in die Regentonne und Anton atmete unbemerkt auf, wie er seinen Freund wieder in Sicherheit sah. Die Sorge um ihn blieb dem Träumerling nicht unerkannt und er genoss wahrlich diesen Beweis der Zuneigung von seinem liebsten Freund. Gemeinsam bewegten sie sich durch den Garten und betrachteten die ersten Blumen im Beet.

«Was beschäftigt dich, Träumerling?», fragte Anton unvermittelt.

«Was meinst du?» Er betrachtete weiter die Blumen im Beet.

«Ich meine letzte Nacht», sagte Anton, «ich hatte das Gefühl, dich durch die Wände denken zu hören.»

Verwundert sah er Anton an. «Ja, wirklich?»

Anton lachte auf. «Nein, aber als ich mir aus der Küche einen Schluck Wasser für die Nacht holte, konnte ich das Licht in deinem Zimmer noch brennen sehen. So spät bist du nur noch wach, wenn dich entweder Sorgen oder die Welt beschäftigen.»

Der Träumerling versuchte, die passenden Worte zu finden. «Ich denke nach. Mich lassen die Empfindungen nicht los, die mich seit deinen Worten über Albert einholen.»

«Sie holen dich ein?», fragte Anton besorgt.

Der Träumerling kniete sich in die weiche Erde und begann herabgefallene Blätter aus dem Beet zu entfernen. Es war nicht leicht für ihn, seine Gefühle zu erklären. «Ja, es ist, als seien sie aus früherer Zeit, als habe ich sie schon einmal empfunden, manchmal denke ich sogar, ich empfände sie noch immer.»

Anton hörte ihm aufmerksam zu. «Und was fühlst du?» Er bückte sich zu ihm hinunter und wartete die Antwort ab. Sachte ließ er eine der zarten Wildrosen durch seine Hand gleiten.

«Ich glaube, Trauer», sagte der Träumerling dann, «es fühlt sich danach an, etwas verloren zu haben. Wahrscheinlich ist es die Bestimmung. Albert und ich haben etwas gemeinsam, wir haben beide unsere Bestimmung verloren.»

Anton richtete sich hastig auf und seine Augen wurden starr. «Nichts habt ihr gemein, mein Freund! Ihr mögt beide eure Bestimmung verloren haben, doch Albert hat auch sich selbst verloren, er ist nicht mehr die gute Seele, die er einst war, du aber, bist dir dennoch selbst treu geblieben und immer das gütige Himmelswesen geblieben, das in diese Welt gekommen ist.»

«Bin ich das?», fragte der Träumerling leise.

Anton legte ihm die Hand auf die Schulter. «Kein Zweifel.» Trotz Antons Zuwendung brachte er es nicht über sich, Anton von seinen mitfühlenden Empfindungen für Albert zu erzählen. Es war nicht nur das Gefühl von Trauer, das ihn quälte, es war das leise Zischen von Verrat, das sich ihm immer und immer wieder ans Ohr legte. Doch er schüttelte es ab, denn er liebte Anton und stand an seiner Seite, ohne jede Einschränkung wählte er die Gunst für Anton und verwehrte Albert den Sieg. Nur, solange Anton nicht in Gefahr war, brachte ihn die gute Hoffnung dazu, Albert in seinem Herzen noch nicht aufzugeben.

Nach dem Frühstück gingen Anton und Thekla zum Dorfplatz, heute wurde der Maibaum aufgestellt. Kinder sprangen mit ihrer volkstümlichen frühlingsbunten Kleidung durch die Straßen und sangen vergnügt die Frühlingslieder auf. Die Mädchen zupften ihre Haarkränze zurecht und die Kleinsten der fröhlichen bunten Geister wurden von den Eltern in den hölzernen Leiterwagen zum Fest gezogen. Die Straßenlaternen waren mit Blumen geschmückt und an den Häusern hingen bunte Kränze mit Schleifen. Der Träumerling fragte sich, wann wohl all diese Vorbereitungen getroffen wurden. Sie waren an ihm vorbeigegangen, vorbei an den Sorgen von Anton, seinen eigenen Sorgen und nun auch an den Gedanken über seine misslichen Gefühle. Ihm war nicht nach einer Feier, und so empfahl er sich bei Thekla und Anton, dem Fest fernzubleiben und beschloss, sich in den Wald zurückzuziehen. Er wusste, wie schwer es für Anton war, sich im Dorf zu zeigen und als verschmähter König das Band für den Baum freizugeben, doch heute konnte er ihn nicht unterstützen, er sehnte sich nach der lauten Stille der Natur und hoffte so, Ruhe möge in seinem Kopf einkehren.

Er lief tief in den Wald hinein. Die wilden frischen Blumen beglückten seine Sinne und das satte Grün der Bäume trieb ihn tiefer in die Wälder, so sehr beruhigte ihn der Anblick. Irgendwann kam er an eine Lichtung, die von den Sonnenstrahlen am durchblickenden Himmel erhellt wurde, dort blieb er stehen. Stille empfing ihn. Stille in den Bäumen, Stille in den Gräsern und Stille in seinem Kopf. Um ihn herum war Wald, tiefer, dichter Wald mit riesigen alten Bäumen, die ihn vor der

Welt dort draußen behüteten, nur für diesen einen Augenblick. Vor ihm stand eine große alte Linde, deren schwere Äste sich zum kräftigen Stamm hin trafen und ihn auf eine Weise umgaben, die den Baum wie einen hölzernen, mit weicher Rinde gepolsterten Sessel erscheinen ließen. Dies lud ihn zum Verweilen ein und er ließ sich an dem Lindenbaum nieder. Die dichte Rinde hielt ihm den Rücken. Er lehnte seinen Kopf zurück und schaute zur Baumlichtung hinauf. Vorsichtig blinzelte er durch die zarten Sonnenstrahlen, die das unbemerkte Flimmern der tanzenden Lufttierchen zum Vorschein brachten. Er war nicht allein, nicht einmal hier ließ das Leben ihn zurück und er wusste, dass egal was kommen mochte, er niemals nur alleine Teil davon sein würde. Er fand sich so in der Natur wieder, wie Anton es ihm gelehrt hatte; verbunden mit der Welt, verbunden mit seinem Herzen und verbunden mit sich selbst.

Es wurde still um ihn, seine Glieder ruhten, sein Geist wurde schwer und die Gedanken zogen vorüber, ohne seiner bekümmerten Prüfung zu erliegen. Alles wurde still und seine Augen mühten sich, die Lider zu halten. Um ihn herum verstrich das satte Grün der Bäume mit dem zarten Blau des Himmels und dem Gold der Sonnenstrahlen. Wie ein duster Nebel kreiste der Wald um ihn, bis sich vor seinem Auge immer mehr die klare Sicht auf den Stamm einer dicken Eiche einstellte. Aus der groben Rinde erhob sich ein Gesicht, es wirkte nahezu schlafend, so friedlich sah es ihn an. Es erinnerte ihn an Antons Erzählung über die Niederkünfte vom Geist des Waldes. Möge dieses Gesicht ihm doch Erkenntnis über das Geschehen seines Verlustes schenken, einen Weg zeigen, nur einen Hinweis geben, warum ihn seine Gabe verlassen hatte. Er dachte an Albert und daran, dass auch er vom Geist erhört worden war. Doch der Baum schwieg.

Plötzlich wurde es ihm zu still. Die zuvor ersehnte Stille begann unerträglich zu werden; es überkam ihn, und er sprang auf. Eilends wollte er hinfort von diesem Ort. Kaum hatte er sich erhoben, schossen die Überlegungen wieder durch seinen Kopf, so schnell und pochend wie niemals zuvor. Er lehnte sich an die Linde und stützte sich mit den Händen auf seinen Schenkeln ab, sein Kopf wurde so schwer, dass er ihn nach unten senkte, als wollte er ihn entleeren. Die Gedanken ließen ihn nicht los. Die Erzählungen über Albert hallten immer und immer wieder durch seine Ohren. Bilder erschienen von Anton und Albert am Königshof, dann von der Botschaft im Wald. Er sah im Geiste, wie die beiden vor dem Baum stehen, und fern seines eigenen Herzens fühlte er Alberts Freude, das Glühen in seinem Herzen, bald ein großer König zu sein. Doch da war nicht geringer dieses Brennen auf der Brust. Dieses Brennen war dem Träumerling gut vertraut. Es war ihm immer dann begegnet, wenn sich sein Herz und sein Verstand nicht einig waren. Er wusste dieses Gefühl stets beiseitezuschieben, doch nun, wie er Alberts Weg sah, sprach es deutlich zu ihm. Auch er hatte Dinge erduldet – sie sich selbst auferlegt – mit denen sein Herz nicht einverstanden war. Dies hatten Albert und er gemein. Je mehr er darüber nachdachte und in seine Seele hineinblickte, erwachte er aus dem tiefen Schlaf der Täuschung. All die Zeit wollte er seine Bestimmung erfüllen, doch er vergaß dabei seine eigene Erfüllung zu finden. Er brachte die Gütigkeit in die Welt, nur nicht für sich selbst, und dabei vergaß er vollends, dass auch er Teil dieser Welt war.

Gedankenverloren kehrte er zurück ins Dorf. Er verließ die Felder, und für eine Weile besah er durch den lichten Hain seine neue Heimat. Die Leute vergnügten sich bei den Festlichkeiten zum wonnigen Mai. Kaum erreichte er die ersten Häuser, wurde er aus seinem beharrlichen Denken gerissen. Ein kleines Mädchen mit geblümtem Kleidchen und Haarkranz nahm ihn an der Hand und zog ihn in Richtung Dorfplatz mit. Sie lachte und sprang heiter voraus, wie ein Licht, das den Weg leuchtet. Der Träumerling erkannte diesen Segen und nahm ihn an. Er stieg in das Vergnügen mit ein, vergaß seine Sorgen und hüpfte mit dem Mädchen freudig zum Fest. Dabei fielen die schweren Gefühle, die von den vergangenen Stunden an ihm hingen, von ihm ab. Ein schöner später Nachmittag mit all den fröhlichen Kindern, den vielen bunten Farben und der strahlende Sonnenschein ließen ihn die Sorgen seiner Welt vergessen. Er lachte, tanzte und genoss die Sinnfreuden, die ein Fest zu bieten hat. Er wollte eben von seinem Eierpunsch trinken, da entdeckte er Thekla und Anton in der Menge. Sie waren umgeben von Leuten, die allesamt begierig an ihrer Maibowle nippten und aufmerksam Antons Reden lauschten. Thekla bemerkte ihn und lächelte zu ihm rüber. Ein sanfter Klang ging durch sein Herz, wie er ihr Festkleid sah. Das Haar trug sie offen, nur wenige Strähnen waren am Hinterkopf mit einer winzigen goldschimmernden Haarklammer zusammengesteckt; sie glänzte in der Sonne und die feinen Locken an den Haarspitzen schwangen sich mit jedem Lachen über ihre Schulter den Rücken hinunter.

Sie kam zu ihm und stupste ihn vergnügt an. «Na, amüsierst du dich?»

Lächelnd sah er sich um. «Ja, wie lange nicht mehr. Die Menschen hier lieben wohl den Mai.»

Thekla erhob ihr Glas: «Es ist der Monat der Wonne, ein Lichtblick nach einer langen Winterzeit. Man sagt, der Mai bringt uns neuen Mut und Zuversicht.» Ihre Augen verrieten eher die flehende Hoffnung auf diese beiden Güter.

«Anton genießt die Aufmerksamkeit», stellte der Träumerling fest und Thekla widersprach nicht.

Sie belächelte das Bild vor ihren Augen, wie Anton seine wichtigen Worte an das Volk richtete. Schmunzelnd fügte sie hinzu: «Die Festlichkeiten berauschen die Gemüter der Menschen und lassen sie vieles vergessen, für die Dauer der Feier – und wohl auch für die Dauer der Wirkung ihrer Bowle.» Liebevoll sah sie ihren Mann an. «Was auch immer es ist, es schenkt Anton in dieser Zeit die Möglichkeit, sich als Herrscher zu zeigen, und den Leuten gibt es Anlass für die Klärung von Unstimmigkeiten, wagen Ideen für das Führen des Landes und so manche Schmeicheleien, wenn die Stimmung durch die Maibowle besonders ausgiebig und tief gedeiht. Nicht zu vergessen, die jungen Herren, die denjenigen welchen Damen einen besonderen Maigruß in den Garten sandten und nun den Segen des Königs für ihre Liebe erbeten. Und diese mögen am heutigen Tag natürlich nicht geringerer Anzahl sein, als die Schmeichler es sind.» Sie lachten vergnügt und beobachteten Anton noch eine Weile, bis er Thekla zu sich winkte, damit sie ihn von seinen Pflichten erlösen möge. «Ich werde nun meinen gewohnten Auftritt vollziehen», erklärte Thekla, «und meine große Müdigkeit bekunden, während mein Gemahl kaum die Höflichkeit auslassen kann, mich nach Hause zu geleiten und ich so zu meinem Bett und er zu seiner Ruhe kommt.» Sie stellte ihr Glas auf einen der hölzernen Stehtische und brach auf. «Bis später, mein Lieber», rief sie und schwebte zu der Gruppe von Menschen, die sich noch immer um Anton begab.

Wenig später ging auch der Träumerling nach Hause. Anton saß wie immer auf der Veranda unter der hellen Deckenleuchte, um welche tausende von Mücken schwärmten. Erst als er näher kam und Anton aus dem Schatten heraus ansah, erkannte er, dass Anton schlief. Auf Zehenspitzen schlich er über die knarrenden Treppenstufen die Veranda hinauf, nahm leise die grob gestrickte Wolldecke vom Fenstersims und deckte ihn damit vorsichtig zu. Dann ging er hinein. Im Wohnzimmer brannte Licht und das Feuer im Kamin flackerte auf, als er die Tür zum Zimmer öffnete. Thekla war noch nicht zu Bett gegangen, sie saß im großen Sessel am Kamin und las ihre Nachtlektüre. «Guten Abend», sagte er leise.

«Guten Abend, mein Lieber. Ist Anton noch draußen?» Sie blickte zum Fenster und seufzte: «Dieser Tag muss ihn viel Mühe und Überwindung gekosten haben.» Der Träumerling schloss die Wohnzimmertür. «Der Tag hat wahrlich seine Entschlossenheit ersucht, er musste lächeln und plaudern, obwohl ihm die Scham auf der Stirn brannte.» Sie legte ihr Buch auf den Beistelltisch.

Er setzte sich zu ihr auf einen der gemütlichen Polstersessel und rückte sich eines der Zierkissen im Rücken zurecht. «Es ist nicht leicht für ihn», sagte er bedächtig, «doch es wird besser werden, alles wird irgendwann gut werden.»

Thekla seufzte tief. «Nur wie? Albert hat ihm jede weitere Gnade verwehrt, und bei der nächsten Zusammenkunft wird Anton wohl wieder zu Boden gehen. Wenn er nur standhaft bleiben könnte!»

Der Träumerling dachte an den Moment, als er Anton vor Albert auf den Knien sah, es war ein Bild, das ihm stets durch Mark und Bein ging, und doch konnte er nicht umhin, insgeheim die Hoffnung zu verfolgen, dass ein Kampf ausbleiben möge, wenn auch Anton den Preis des Versagens dafür zahlen musste. Er konnte es nicht über sich bringen, daran zu glauben, dass ein Bruder den anderen niederstreckt.

In seinen Gedanken murmelte er zu Thekla: «Ich bin froh, dass ihn seine Angst überwältigt hat.»

Thekla schreckte auf. «Was sagst du da? Er hätte ihn sicher besiegt! So wäre ihm all die Demütigung erspart geblieben und wir könnten endlich in Frieden leben.» Ihre Augen blitzten auf und er bemerkte ihren Argwohn über seine Worte.

Also versuchte er, sich zu erklären, und teilte mit ihr sein Empfinden: «Vielleicht hätte er die Ländereien gewonnen und sein Ansehen zurückerobert, aber er hätte dabei mehr verloren als alles, was er je gewinnen könnte. Du und das Volk, ihr würdet friedlich leben, doch Anton würde nie wieder seinen Frieden finden können.»

Thekla richtete sich auf. «Er würde das Volk und das Land von Tyrannei befreien!»

Der Träumerling erhob sich aus dem Sessel und berührte Theklas Arm. «Ich verstehe dich, Thekla, ich verstehe dich wirklich.» Er sah sie innig an. «Du wirst ihn nicht verlieren!»

Doch Theklas Einsicht an diesem Abend blieb aus, und sie war nicht bereit, seine begütigende Geste anzunehmen. Er lief zur Tür und wünschte ihr eine gute Nacht. Im Türrahmen hielt er kurz inne und drehte sich nochmals zu ihr um. «Ein Königreich», sagte er, «kann nur in Frieden sein, wenn auch der König seinen inneren Frieden im Herzen trägt. Strebt ihr nach dem nächsten König mit einem gebrochenen Herzen, der sich selbst verliert?» Schweigen erfüllte den Raum. Er verließ das Zimmer. Thekla lehnte sich in ihren Sessel zurück und betrachtete nachdenklich das Feuer im Kamin.

Wenig später kam Anton ins Zimmer, löschte den Kamin und nahm Thekla an der Hand. Gemeinsam gingen sie zu Bett und die Dunkelheit der Nacht ließ ihre Sorgen für wenige Stunden entschwinden.

Kapitel 8

Es war Spätsommer geworden und Anton beschloss, sich ins Gebirge aufzumachen. Weit weg von den Kümmernissen versuchte er, seinen Sorgen zu entfliehen. Wenn er in früheren Zeiten die Vorberge besucht hatte, überkam ihn eine Ruhe, wie es kaum ein Platz in der Welt vermochte. Was auch immer geschehen war und geschehen wird, dort würde er Zeit und Muße finden, all diese Last zu überwinden, um für nur diese geringe Zeit frei zu sein von seinen Gedanken, den Überzeugungen der anderen und dem verloren gegangenen Glauben an seine Würde als König der wilden Länder.

Thekla erfreute sich nur schwer an diesem Aufenthalt, denn sie sorgte sich um Antons Gedankenwelt. Sie fürchtete, seine Empfindungen könnten in der Stille der Berge so laut werden, dass er den Sinn für die Orientierung verlieren würde, und so bat sie den Träumerling, mit ihm zu gehen. «Achte auf ihn», sagte sie heimlich zu ihm, «er erscheint wie ein Bär, doch sein Gemüt ist fein wie das einer Libelle. Schütze ihn vor seinem Geist und dessen Verdruss, er leidet mehr unter seinem Versagen als er es zu verstehen gibt.»

Der Träumerling beruhigte Thekla: «Fürwahr ist mir das bewusst, meine Liebste. Sorge dich nicht, die Bergwelt wird uns mit ihren schützenden grauen Riesen umhüllen, sie wird uns den Duft der wilden Blumen in die Nasen wehen und die Sonne wird uns Lebendigkeit schenken, wie wir sie lange nicht erlebten.»

Thekla musste über sein Hochgefühl lächeln, denn anscheinend war ihm nicht bekannt, was ihn bei dieser Wanderung erwartete. Die Vorberge glühen zu dieser Jahreszeit vor Hitze und die warme, trockene Luft ermüden die Glieder schon nach kurzer Zeit; die Wiesen sind trocken, die Quellen rar und die großen, steinigen Felsen erwärmen wie Öfen die Höhenwege. Doch Thekla beschloss, darüber zu schweigen und dem Träumerling seine Vorfreude nicht zu nehmen. Nach einem gehaltvollen Frühstück aus Rührei mit frischen Kräutern und ofenwarmem Brot standen die beiden Freunde bepackt mit allerlei Proviant und guten Mutes vor der Veranda und verabschiedeten Thekla. «Möchtet ihr nicht doch ein Schutzzelt mitnehmen – zumindest für die Nacht?»

«Wir schlafen unter dem offenen Himmelszelt», sagte Anton entschieden, «wir würden doch sonst all die Sternenpracht verpassen.»

«Was ist mit den wilden Tieren?», fragte Thekla besorgt. Der Träumerling sah beunruhigt zu Anton hinüber. Der schüttelte beschwichtigend mit dem Kopf und gab Thekla einen Kuss auf die Stirn. «Wir werden wohlerhalten zurückkehren, meine liebste Frau.»

Gemeinsam zogen Anton und der Träumerling hinaus aus dem Dorf hin zu den tiefen Berghängen im Tal. Der Aufstieg über die grün bedeckten Bergketten ließ ihre Augen über die schönen Wildblumen gleiten, ihre Nasen in den frischen Sommerföhn eintauchen und ihre Ohren der rauschenden Stille lauschen. Alles war friedlich, die beiden stiegen immer höher die Hänge hinauf, und auch ihre Freude stieg mehr und mehr an. Sie lachten und sangen wohlgelaunt, bis die Steigung zunahm und die schwindenden Kräfte sie an ihrem Gesang hinderten. In der Stille wurde der Träumerling nachdenklich. Die Berglandschaft erinnerte ihn an seinen harten langen Weg über die großen Berge, seine damaligen Gefühle und sein wehendes Herz, das sich Güte herbeiwünschte. Er sehnte sich zu jeder Zeit nach ihr, doch die Freundschaft zu Anton und Thekla, und die Zeit mit ihnen, linderten seinen Schmerz zeitweilig und gaben ihm die Kraft zur Zuversicht, sie irgendwann wiederzufinden.

Anton und der Träumerling wanderten die Höhenwege entlang. Die Aussicht auf die Berghänge mit ihren bunten Blumen und Kräutern ließ sie gemächlich voranschreiten, doch die Sonne brannte auf sie hinunter und von Stunde zu Stunde erschöpfte sie die Wanderung immer mehr. Die Luft war heiß und trocken, keiner der beiden wagte nurmehr den Ansatz einer Unterhaltung. Über dem Boden verschwamm dem Träumerling in manchen Momenten das Bild und er war sich nicht gewiss darüber, ob dies die aufgestaute Hitze hervorbrachte oder sein Körper nach einer Pause schrie. Gegen Abend waren die beiden so ermattet, dass ihnen die Schweißperlen auf der Stirn standen, die Lippen fahl vor Durst und die Beine zitterndweich. Anton ließ sich nichts davon anmerken, gleichwohl man ihm seinen Zustand ansah; und der Träumerling – der hatte sich die letzten Stunden mit jedem seiner Schritte gefragt, weshalb er sich eigentlich auf diesen Ausflug eingelassen hatte. Doch die Natur hatte schon bald Nachsicht mit ihnen. Am Abend kühlte die Luft ab und die Dämmerung brach herein. Sie waren erschöpft vom heißen Tag und hielten Ausschau nach einem geeigneten Plätzchen, um zu nächtigen. Sie entschieden sich für eine flache

Gesteinshöhe inmitten der bunt geblümten Heidelandschaft. Anton rückte einzelne große Steine vom Wegesrand zusammen, sammelte feines Geäst und entzündete ein Lagerfeuer. Der Mond stand am Himmel und legte seinen silbernen Glanz über die grauen Felswände, über das entfernte Tal und über die ganze Welt. Schweigend betrachteten die beiden das Feuer und zehrten von der frischen Nachtbrise. Der Tag hatte dem Träumerling viele Mühen abverlangt, doch im Glühen der Sonne und der leisen Erschöpfung, stand ihm der Sinn nur nach seiner geliebten Güte. Es war nicht der Schluck Wasser, wonach er begehrte, nicht ein Stück Butterbrot oder ein schattiges Plätzchen, er nahm diese Entbehrungen gleichmütig hin, doch seine Sehnsucht nach Güte war in jedem Moment allgegenwärtig und er dachte nur an sie, an ihre sanften Worte und ihre zärtlichen Berührungen. Es war, als trugen sie ihn über die Berghänge durch die mühevollen Stunden, und nichts hätte ihn mehr zu trüben vermocht, wie der Verlust seiner Gedanken zu ihr.

«Ich weiß nicht, was mir vorhin mehr in den Rücken gedrückt hat, die unerträglich heiße Luft oder deine schweren Gedanken», sagte Anton und schmunzelte zu seinem Begleiter hinüber. Der warf betreten ein Stück Holz ins Feuer. «Worüber hast du den ganzen Weg nachgedacht?» Seine Augen verrieten ein schwärmendes

Herz. Anton drängte weiter: «Du denkst an sie, nicht wahr?»

Der Träumerling lehnte sich nach vorn und sah ihn sehnlichst an. «Ich muss sie finden, Anton. Ich glaube ich muss weiterziehen! Sie fehlt mir jeden Tag, jede Nacht, bei jedem Lachen und bei jedem Weinen. Ich möchte nicht ohne sie sein.»

«Dann musst du sie weitersuchen», antwortete Anton. Nachdenklich betrachtete er seinen Freund, und da er ihm so vertraut war, ließ dessen Anblick Zweifel in ihm aufkommen: «Du siehst nicht entschlossen aus, mein Freund.»

«Nein, das bin ich wahrlich nicht», stimmte der Träumerling ihm zu, «ich möchte dich nicht alleine lassen in diesen dunklen Stunden, ich möchte bei dir sein.»

«Ich danke dir dafür, mein Freund. Doch du solltest deiner inneren Stimme folgen, sie lenkt dich in dieser Welt, in all deinem Sein und vielleicht auch auf der Suche nach deiner Güte.»

Seine verliebte Seele suchte nach Erkenntnis, irgendwo zwischen der trockenen Erde und der schweren Luft. Dann erhob er sich abrupt und lief unruhig um das Feuer herum. «Vielleicht ist es so», gestand er ein, «doch es muss einen Grund geben, weshalb ich in euer Dorf gekommen bin, genau in euer Haus, zu genau dieser Zeit.»

«Vielleicht geht es nicht darum, dass ein Träumerling den Weg zu *mir* findet, sondern dass du deinen Weg findest», überlegte Anton, «du bist nicht nur ein Träumerling, du bist auch du selbst, fernab von deiner Bestimmung. Ganz ohne das himmlische Wesen und ohne das Träumen bist du ein Wesen dieser Welt und dieser Natur, mit all seinen Wünschen und Träumen.»

Antons Worte trafen den Träumerling tief in seinem Innern, etwas an dieser Vorstellung ließ seine Brust fein pulsieren, wurde immer schneller, bis er endlich durch einen tiefen Atemzug wieder Raum darin schaffte und seine Sinne erhellte. Dieses Gefühl war ihm nicht unbekannt, schon damals, wenn Madeleine ihm gut zugeredet hatte, verdrängte er schnell den Gedanken, dass da mehr als das Licht eines Träumerlings in seinem Herzen brannte. Er zog ein Stück Papier aus seinem linken Stiefel. Es wirkte lädiert und die Ränder waren zerfranst, dennoch öffnete er das gefaltete Blatt sehr behutsam und hielt es in seinen Händen. Vertieft in das geheimnisvolle Wertstück, tauchte er in die Zeilen ein, und es beruhigte ihn, auch sein Atem wurde ruhiger. Langsam faltete er das Papier wieder zur Hälfte ein.

«Was ist das?», fragte Anton, «was liest du da?» Der Träumerling öffnete das Blatt erneut und gab es Anton, der seinen Geist über die Zeilen gleiten ließ.

«Das ist aus meinem einstigen Buch, dem Handbuch für Träumerlinge», antwortete er leise, «ein Vermächtnis, das nun nicht mehr weiter besteht.» Er erinnerte sich schmerzlich. «Als die Stadtbewohner mein Buch in die Fluten des Flusses warfen, konnte ich nur diese eine Seite retten. Seither trage ich sie bei mir. Diese Worte geben mir immer Trost und Zuversicht, wenn ich es am meisten brauche.»

Anton betrachtete das Papier und besah den ungleichmäßigen Abriss am linken Seitenrand. «Vielleicht sind diese wenigen Zeilen alles, was du daraus an Lehre brauchst für deinen Weg.» Sanft strich er mit seinen Fingern darüber. Dann gab er die Zeilen zurück an seinen Besitzer und blickte nachdenklich hinauf zum Sternenhimmel. «Vielleicht finden wir die Wahrheit nicht immer nur in der vollkommenen Weisheit, vielleicht führt uns die Lehre des Lebens vielmehr in den großen Wahrheiten, die uns in scheinbar kleinen Momenten berühren.»

Der Träumerling nahm das Blatt und faltete es. Er hielt es noch einen Augenblick in den Händen, ehe er es zurück in den Stiefel steckte. Dann folgte er Antons Schau in den Nachthimmel. Gemeinsam verfielen sie dem Leuchten der Sterne und tauchten ein in die ewige Schönheit dieser Welt.

Nach einer Weile flüsterte der Träumerling: «Anton, bin ich auch ein Mensch?»

Anton schmunzelte. «Eine Seele mehr noch, mein Guter, eine Seele. Mit all ihren Begehren und Wünschen – und ja, auch mit all ihren Träumen.»

«Doch ich bin ein Himmelswesen, das hier ist, um den Menschen zu helfen, das ist mein Traum, das ist meine Bestimmung.»

Anton senkte den Blick auf seinen Freund und schaute ihn eindringlich an. Die Funken des Feuers sprühten vor ihren Gesichtern. «Bewahre dir dein Seelenheil, mein Freund, bewahre dir dein höchstes Gut – für dich, für die Menschen und für die Welt. Die Natur hat mich gelehrt, dass alles miteinander verbunden ist, jedes Grashalm, jeder Stein, eine jede gebende Hand muss genauso erfüllt sein wie die Hand, die erfüllt werden will. Du kannst kein Licht geben, wenn du selbst nicht leuchtest.»

«Du bist weise, Anton.»

«Nein, die Natur ist weise, ich war nur klug genug in ihr zu lesen, sie zu erhören. Wenn du Schönes in ihr erblickst und es wirklich wahrnimmst, bist du Teil von ihr und erfährst ihre Weisheit. In diesem Augenblick des Glücks bist du ganz und gar bei dir selbst, und nichts könnte dein Gemüt trüben oder deine Sinne kehren.»

Das Holz im Feuer knackte und zog die Aufmerksamkeit auf sich. Anton stand auf und betrachtete die Glut. Er nahm von dem gesammelten Holz und legte für die Nacht nach. Das Funkeln der Sterne leuchtete ihnen den Weg in einen gelösten Schlaf fern von Sorgen und Sehnsucht. Sie schliefen tief bis zum frühen Morgen.

Der neue Tag begrüßte sie mit den warmen Sonnenstrahlen eines heißen Sommertages. Die Hitze zeigte sich bereits mit hauchfeinem Flimmern über dem Gestein, als die beiden Wanderfreunde die Feuerstelle für das Frühstück einrichteten. Sie tranken duftenden Tee aus den getrockneten Kräutern, die Thekla unbemerkt in Antons Rucksack gepackt hatte – nur um sicherzugehen, dass sie keine giftigen Pflanzen aus der Natur verwenden würden. Anton war ihr an diesem Morgen unverhofft dankbar dafür, da er sich bei dieser Trockenheit nicht auf Kräutersuche begeben musste und sie frühzeitig aufbrechen konnten, ehe die Mittagshitze ihnen hier oben auf den Höhen die Sinne nehmen würde. Der Träumerling trug an diesem Morgen ein mildes Lächeln im Gesicht.

«Du wirkst heute morgen munter, mein Freund», sprach Anton ihn an, «die frische Höhenluft und der freie Sternenhimmel tun dir wohl gut.» Er stellte seine Tasse ab und begann das Feuer zu löschen.

«All das und auch die erhellenden Worte von letzter Nacht», entgegnete der Träumerling zufrieden.

Nachdem das Feuer erlischt war und der Qualm zu ihm herüberzog, wechselte der Träumerling seinen Platz und setzte sich neben Anton auf einen der großen Steine.

Anton sah ihn an: «Konntest du schlafen oder dachtest du nur an deine liebste Güte?»

Der Träumerling lächelte beschämt: «Beides, Anton, beides. Ich habe tief und erholsam geschlafen hier draußen und ich glaube, ich war Güte nicht nur in meinen Gedanken nah, sondern bin ihr auf eine besondere Weise näher gekommen – ich weiß nur noch nicht, auf welche. Es ist eigenartig, ich wünschte, ich könnte sie finden und ihr alles sagen, was in meinem Herzen bebt.» Bei dem Wort *Wünschen* kam in ihm eine tiefe Wehmut auf, er brachte all die Worte, die mit seiner Gabe in Verbindung standen, kaum über die Lippen; er spürte, wie alles in seinem Gesicht schwer wurde, kein mildes Lächeln mehr, die Augen schienen sich schließen zu wollen und sein Kopf legte sich beinahe zur Schulter nieder.

Anton bemerkte seinen Verdruss und führte die Unterhaltung schnell fort: «Wann hast du dir je etwas für dich gewünscht?»

«Ich war immer glücklich, wenn ich den Menschen helfen konnte», antwortete der Träumerling.

«Was würdest du dir wünschen, wenn du noch einen einzigen Wunsch erfüllen könntest?»

Ganz tief in ihm verborgen sprach eine Stimme zu ihm, leise und sanft spürte er sie auf seiner Brust schwingen, und er wusste, er hatte verstanden. Er ließ seinen Wunsch für sich selbst zu. Und so antwortete er Anton: «Ich könnte dir deine Angst wegwünschen. Aber ich glaube, das wäre nicht das Richtige. Ich wünschte auch nicht zu den Dorfbewohnern zurückzukehren, ich wünschte mir nicht einmal mehr meine Gabe zurück. Wenn ich noch einmal träumen könnte, würde ein Wunsch ausreichen, für alle Zeit. Ich wünschte, ich würde Güte finden.» Er schaute hinauf zum Horizont und stellte sich vor, zu träumen. «Ich wünschte, Güte zu finden, sie bei mir zu haben, für immer und vielleicht auch ewiglich.»

«Du liebst sie sehr, nicht wahr?», fragte Anton.

«Mehr als ich je ahnte. Und es wird von Augenblick zu Augenblick mehr.» Er schaute noch immer hinauf zum Himmel und beobachtete die vorüberziehenden Wolken. «Es tut mir leid, Anton, aber ich denke, das wäre der richtige Wunsch. Dies müsste ich für mich tun, dieses eine Mal.»

Anton legte ihm die Hand auf die Schulter und stimmte ihm ermutigend zu: «Ich weiß, mein Freund, der einzig richtige.»

Zwei weitere Nächte verbrachten die beiden in der Höhe, und trotz der Hitze und der Anstrengung fühlten sie sich dem Himmel so nah, wie schon lange nicht mehr. Am frühen Abend waren Anton und der Träumerling wieder im Dorf angekommen und Thekla begrüßte sie mit einem sommerlichen Lauchstrudel und frischem Wildkräutersalat aus dem Garten. Gemeinsam saßen sie beim Essen und der Träumerling erzählte von der großen trockenen Hitze. Er vermochte es sich nicht zu erklären, wie diese Naturerscheinung im Spätsommer, noch dazu in dieser Höhe, solch eine Wirkung zeigen konnte.

Thekla lachte und erklärte es ihm: «Die Leute nennen sie die glühenden Berge, man geht davon aus, dass die Felsen und die Hügelketten auf eine Weise angeordnet sind, die durch Schatten und Lichtspiele sowie durch dunkle und helle Farben eine große Hitze zwischen dem Gestein ergeben. Manche sagen, es sei die Mystik, die das bewirke. Jedenfalls treibt es viele Menschen in diese Berge, weil sie sich erhoffen, dort etwas zu finden, was ihnen fehlt.»

«Was denn?», fragte der Träumerling verwundert.

Thekla bemühte sich, Beispiele zu finden: «Ruhe, Natur, Einsamkeit und eben diese anstrengende Hitze.» Ein fragender Blick bewegte sie dazu weiterzusprechen: «Naja, die Menschen glauben, wenn sie in der Anstrengung sind und ohne Wasser und ohne Kräfte, ließen sie auch ihre Gedanken los, und dann erhoffen sie sich Erkenntnisse.» Sie lächelte verschmitzt.

«Erkenntnisse?», fragte der Träumerling und richtete seinen Blick nun auf Anton. «Du wusstest das.»

Anton schlürfte unbekümmert seine Suppe weiter, bis er den Blicken seiner Gesellschaft nicht mehr ausweichen konnte. «Für mein Begehren gelten die ersteren Gründe, ich wollte einfach nur etwas Aussicht genießen.» Er nahm einen Schluck von seiner Rhabarberschorle und lächelte den Träumerling begütigend an. Thekla streichelte Anton flüchtig die Hand und sah ihn liebevoll an. Die drei Freunde saßen noch lange am Tisch und genossen den Strudel und den frischen Saft. Thekla hatte warme Milch mit Honig aufgekocht, die ihnen einen ruhigen Schlaf bescheren sollte. Die Müdigkeit holte sie am späten Abend ein und der Träumerling verabschiedete sich erschöpft zur Nacht. Anton räumte den Tisch ab und bereitete die Küche für den nächsten Tag vor. Nachdem er die Lampen im Wohnzimmer gelöscht hatte, lief er zu Thekla, die im Türrahmen auf ihn wartete.

Sie lehnte sich an ihn und fragte: «Und, hat er gefunden, was er finden sollte?»

«Das hat er.» Er drückte Thekla an sich und gab ihr einen Kuss auf die Stirn. Hand in Hand schlenderten sie durch den Flur ins Schlafzimmer und gingen zu Bett.

Kapitel 9

«Guten Morgen, mein Lieber. Was darf es heute sein für das Haus Anton?» Im Backwarenhaus des alten Rupert sammelte sich das Dorf, um die besten Brötchen und Gebäckstücke zu erhaschen. Wie jeden Morgen zum Ende der Woche hin, schaffte es Rupert kaum, alle Kunden mit ihren Frühstückswünschen zu bedienen. Ihm fehlten die Helfer in der Backstube. Sein junger Lehrling Henrik arbeitete eifrig und begeistert. Seine Wangen glühten rosarot, der Schweiß lief ihm das Gesicht hinunter und seine Bäckerkluft war über und über mit Teig befleckt. Doch all dem zum Trotze schenkte sein Gesicht der Welt und den Kunden ein frommes Lächeln, und hinter vorgehaltener Hand erklärten sich die Dorfbewohner den Erfolg seiner Backwaren nicht mit dem jahrzehntelangen Wirken von Rupert und seinen Rezepturen, sondern mit der erfrischenden Besonnenheit seines Lehrlings, die wohl den Teig und die Zutaten so milde stimmen musste, dass diese Gaumenfreuden dabei herauskamen. Henrik schwang den Teig durch die Lüfte und legte ihn behutsam auf die Arbeitsbank, dann rollte er den Teig hingebungsvoll aus, bereitete Stücke zurecht und formte sie gekonnt mit den Händen, um sie dann in einer gleitenden Bewegung in den Ofen zu schieben. Sein Wirken in der Backstube glich einer künstlerischen Kür, beinahe wie ein beruhigendes Ballettstück. Der Anblick des Jungen ließ die Leute vergessen, dass sie sich in der schier endlos scheinenden Warteschlange im Geschäft befanden und manch einer genoss die Vorstellung sogar so sehr, dass er es kaum bemerkte, wenn ihn Rupert ansprach, was es denn nun sein dürfe.

So erging es auch unserem lieben Träumerling, der lange lange angestanden hatte, sich dann aber zum Ziel hin an der Ladentheke dem Wirken des Lehrlings hingab und dabei glatt Ruperts Worte überhörte. «Du bist dran», stupste ihn der Mann hinter ihm in der Schlange an.

«Oh ja, ach entschuldige bitte, Rupert», sagte er und sah sich bedauernd nach den ungeduldigen Augenpaaren der Menschen hinter sich um. Er gab schnell und unauffällig seine Bestellung auf und freute sich darüber, trotz der langen Wartezeit noch die besten Brotstangen und süße Teigtaschen bekommen zu haben. «Thekla wird mich küssen», schmunzelte er in sich hinein. Er nahm eine der Brottüten von der Ablage, wie sein Blick kurzzeitig zum Fenster hinaus schwenkte. Jemand vor dem Fenster erregte seine Aufmerksamkeit, etwas zog ihn in seinen Bann. Ein Mädchen – womöglich das Mädchen, das er suchte! Aber er konnte sie nicht recht erkennen, da einer der Fensterläden leicht angelehnt war, doch die Art der Bewegung, er konnte nicht sagen, was es war – vielleicht die ganze Erscheinung – packte ihn und er lief überstürzt los. Fast wäre er über den Gehstock der alten Trude gestolpert, die noch immer dabei war, die Taler in ihrem Portemonnaie zu sortieren.

«Dein Wechselgeld, he! Dein Geld!», rief Rupert ihm nach. Aber der Träumerling war schon fast zur Tür hinaus und so winkte Rupert kopfschüttelnd mit der Hand ab und legte das Geld der Größe nach gestapelt neben die Kasse, falls der eilige Besitzer doch zurückkommen würde.

Der Träumerling drängte sich durch die Menschen, sein Herz klopfte laut, als er zur Tür hinauseilte. Draußen vor dem Haus sah er sich schnell um, konnte aber niemanden sehen. Er lief linksseitig am Haus entlang, um an das Fenster zu gelangen, an dem er das

Mädchen vermutete. Sein Gleichgewicht kam den eiligen Schritten nur schwer nach, sodass er in die Blumenbeete trat, die an der Hauswand entlang verliefen, und dabei traf er bedauerlicherweise die ein oder andere Blume. Seine gewohnte Sanftmut gegenüber dem Pflanzenreich fand heute nicht seine Beachtung, er eilte weiter. Sein Arm streifte an den Rosen und die Dornen hinterließen lange Kratzer in seiner Haut. Doch nichts vermochte seine Sinne zu wecken, außer die wachsamen Augen, die sich starr zum Fenster gerichtet hielten. Er stockte. Niemand stand am Fenster. Geschwind sah er sich um. Was geschah hier nur? «Könnte das Mädchen gar ...» – er wagte kaum, den Gedanken zu Ende zu denken. Aufgelöst schaute er umher. Menschen liefen an ihm vorbei, grüßten ihn herzlich und hielten die übliche Unterredung. Doch nichts davon drang in ihn ein, keines der Worte mochte er hören, keines der freundlichen Gesichter erkennen.

«Weit konnte sie nicht sein.»

Der runde Wilbert riss ihn aus seinen Wirrungen, als er ihm mit der dicken Pranke auf die Schulter fasste. «Na, mein Guter, hast du einen Geist gesehen?»

«Das Mädchen, ein Mädchen stand hier!», stieß der Träumerling verzweifelt aus.

Wilbert lächelte verschmitzt. «Oh, ein Mädchen also, dieses vielleicht dort hinten?» Er zeigte in die Richtung der grünen Wälder mit den blauen Seen. «Dort habe ich ein Mädchen laufen sehen. Hab sie noch nie zuvor hier gesehen, wird wohl aus den anliegenden Dörfern kommen.»

Der Träumerling drückte Wilberts große Hand, die noch immer schwer auf seiner Schulter ruhte und schob sie zu ihm zurück.

«Ich danke dir!», sagte er und rannte eilends weiter. Seine Brust begann zu beben, so stark pochte sein Herz plötzlich. Er wusste nicht warum, er wusste nur, dass es ihn antrieb – bliebe er stehen, würde es ihn zersprengen, also lief er weiter, obwohl das Mädchen nicht in Sicht war. Er lief in die Wälder, vorbei an den großen alten Bäumen durch das tiefe, verworrene Gestrüpp. Es traf ihn immer wieder an seinem Körper, mit jedem Schritt nahmen die Schrammen auf seiner Haut zu, doch die immerwährenden Schmerzen seiner ewigen Sehnsucht waren schlimmer. «Wenn sie es ist, dann lass ich sie nicht wieder gehen, ich werde sie nicht nochmals verlieren», schrie es ihn ihm auf und er lief weiter und weiter, bahnte sich seinen Weg durch die Büsche und wehrte die peitschenden Äste mit den Armen ab. Verzweifelt und atemlos gelangte er zum ersten großen See. Die Bäume um ihn herum schienen sich zu drehen und sein schneller Atem zwang ihn Rast zu machen. Es war still. Nur die Vögel zwitscherten leise in den Baumkronen. Der Boden war feucht vom nächtlichen Schauer und roch nach frischer Erde. Dies beruhigte ihn. Vor ihm lag der blaue See, der groß und gemächlich ruhte. Er ließ seine Erschöpfung zu, setzte sich ins Gras und schloss für wenige Augenblicke die Augen. Nun dachte er an nichts. Mit jedem Stück Kraft, das er wieder gewann, kam die Betrübnis darüber zurück, dass er wohl nie erfahren würde, ob dieses Mädchen gar seine Güte gewesen sein könnte. Am liebsten hätte er hier an diesem Ort für einige Stunden geruht, wären ihm nicht Anton und Thekla eingefallen, die wohl noch immer am Frühstückstisch besorgt auf ihn warteten und auf Ruperts Brötchen hofften.

Langsam öffnete er die Augen, die Bilder vor ihm verschwammen etwas, sodass er ein paarmal blinzelte, ehe ihm wieder ein klares Bild erschien. Langsam stand er auf und wollte sich soeben auf den Weg nach Hause machen, als er vor dem See eine lichtumhüllte Silhouette erkannte, die mit dem Rücken zu ihm gewandt auf einem der großen Steine saß. Ein zartgeschwungener Körper zeigte sich ihm aus dem Schatten des aufsteigenden Sonnenlichtes. Er erkannte lieblich feine Beine, die sich seitlich über den Stein legten. Ein Windhauch blies herbei und glänzendes Haar bewegte sich durch die Luft. Eine Hand erhob sich und strich durch die wehenden Haare, nahm sie zwischen den Fingern auf und legte sie behutsam über die Schulter. Er war sich gewiss, diese zauberhafte Gestalt, von Anmut und Liebreiz begleitet, konnte nur seine geliebte Güte sein. Er wagte kaum, voranzugehen, doch seine Beine gingen wie von selbst auf sie zu.

«Du bist es», hauchte es hoffnungsvoll aus ihm heraus.

Sie bewegte den Kopf über ihre Schulter. Wie gebannt schaute er zu ihr. Die Sonne stieg hinter den großen Bäumen am anderen Ufer des Sees empor und so erkannte er nur einen Schatten, der die Umrisse eines Gesichtes zeichnete. Die Sonnenstrahlen reizten ihn in den Augen, doch er wollte sie so sehr ansehen und hielt die Augen voller Erwartung geöffnet. Dann fiel das Licht ein wenig ab und Güte strahlte ihn an. Ihre Augen leuchteten, ihr goldenes Haar glänzte wie der Glanz selbst und ihr Lächeln zwang ihn beinahe in die Knie. Sie saß auf diesem großen Stein, schön und von Licht erfüllt, wie er sie im Herzen trug. Ihr moosgrünes Kleid lag leicht auf ihrem zarten Körper und strich über ihre Haut, als sie sich langsam erhob und ihn ansah.

Nun stand er vor ihr – es war der Moment, den er all die Zeit herbeigesehnt hatte. Nun wusste er, was Glück bedeutete, nun wusste er, was ein Traum wirklich war und wie er sich anfühlte. Er fasste sie fest um ihren feinen Körper und zog sie sanft an sich heran. Das Haar fiel ihr ins Gesicht und bedeckte ihre Wange.

«Wo warst du nur?», ging es ihm über die Lippen, «ich habe nach dir gesucht.»

Sie griff nach seiner Hand und sagte: «Ich war dir immer nahe, und doch fehlte dir das Licht, um mich zu sehen.» Liebevoll strich er ihr die Haarsträhne aus dem Gesicht und legte seine Hand an ihre Wange. Sie sahen sich an und die Welt stand für einen Moment still, bis er ihr schließlich sanft über die Wange fuhr und sie küsste. Er drückte sie an sich und hielt sie so fest, dass sich ihre klopfenden Herzen beieinander trafen; sein Gemüt glühte und ihre Lippen, die weich und sanft auf seinen lagen, wollte er nie wieder lösen. Für alle Zeit waren dieser Wald, dieser See und dieser Stein, der Ort, an dem sie sich wiederfanden, ihre Welt zum ersten Mal still stand und sie sich in ihrer Liebe hingaben.

Lange noch lagen sich Güte und der Träumerling in den Armen bis sich die Mittagssonne dem Abend neigte, und so beschlossen sie, sich auf den Weg zu Antons Haus zu machen. Sie liefen die großen Seen entlang durch die alten Wälder bis zum grünen Hain. Dort stellte er sich mit Güte auf eine Erhebung im Gras und zeigte ihr in der Ferne das Haus, das ihm lange Zeit schon ein zu Hause geworden war. Er konnte es kaum erwarten, seinen beiden liebsten Freunden sein größtes Glück vorzustellen.

Anton saß auf der Veranda. In der Ferne sah er den Träumerling mit seiner Begleitung an der Hand auf ihn zukommen. Seine Augen leuchteten in erwartungsvoller

Freude auf. Schon von Weitem rief der Träumerling: «Bitte entschuldige!»

Anton stand auf und breitete mit einem tiefen herzlichen Lachen seine Arme aus: «Du hast sie gefunden, mein Freund! Du hast sie gefunden!»

Er rief so laut, dass Thekla seine Worte hinten im Garten hören konnte. Sie kam vor das Haus gelaufen und wie sie den Träumerling zusammen mit seiner Güte sah, stieß sie freudige Tränen aus. «Kinder», rief sie und rannte auf die beiden zu. Sie fiel ihnen in die Arme und küsste den Träumerling auf die Wange. «Habt ihr euch endlich!» Und wieder liefen ihr Tränen die Wangen hinab. Es war einer dieser Momente im Leben, wie sie nur die selbstlose Liebe in die Welt zu bringen vermag. Theklas Freude für ihren lieben Freund erfüllte die Welt einmal mehr mit einem Juwel der Herzlichkeit, ein welches dem Leben wahren Glanz verleiht.

Die Freunde verbrachten viel Zeit miteinander und die Fröhlichkeit der beiden Liebenden brachte Anton so manche Heiterkeit, die er so sehr brauchte. Der Träumerling erlebte die Zeit mit seiner Güte wie ein neues Leben. Wenn er zurückdachte, an die Zeit seiner Suche, dann kam es ihm vor wie ein anderes, eines, in dem er nie wahrhaft gelebt hatte. Er spürte ein Sprühen und Funken in seinem Körper wie niemals zuvor und sein Herz war weich und warm. Wenn er atmete, fühlte sich nichts mehr schwer an, alles bewegte sich mit ihm, mit seinem Atem, mit seinem Empfinden und mit dem Weg, den er nun ging.

An einem warmen Nachmittag im Spätsommer nahmen der Träumerling und Güte ein Bad im großen blauen See. Die Sonne schenkte ihnen ihre hellsten Strahlen und die Bäume schützten sie vor der kühlen Brise, die sich langsam über das Land ausbreitete; es wurde Herbst. Die Zeit der Dankbarkeit brach herein, und wer es nicht längst fühlte, wurde durch die bunten Blätter an den Bäumen, die nach und nach zu Boden schwebten, daran erinnert.

«Zeit für romantische Herbstspaziergänge, herrlichen Saft aus frisch gelesenen Trauben, eingehüllt in Theklas Wolldecken auf der Veranda, und innige Abende vor dem Kamin», schwärmte der Träumerling. Güte lag in seinem Arm, blickte in den Himmel und ihr Haar bewegte sich durchs Wasser. Er betrachtete sie aus tiefster Seele. «Die Weinlese ist hier eine wundervolle Festlichkeit, und Anton …» doch er hielt inne, denn er sah, dass ihr Gesicht ernst wurde. Sie blickte über den See hinweg hinauf zum Himmel.

Als sie eine der wenigen Wolken am Himmel entdeckte, sah sie ihn inständig an. «Wir müssen weitergehen, mein Liebster, das weißt du. Dies ist nicht unsere Welt!» Noch bevor diese Botschaft in seinen Ohren angekommen war, hatte sein Herz schon verstanden, und Tränen schossen ihm in die Augen. «Du weißt, dass du ihn verlassen musst.» In ihren Augen sammelte sich das größte Mitgefühl, das sie zu geben hatte.

«Noch nicht, nicht jetzt!», flüsterte er und legte den Kopf an ihre Brust. Güte hielt ihn liebevoll an sich.

«Ich kann meinen Freund jetzt nicht alleine lassen!»

Sanft hob sie seinen Kopf und sah ihm tröstend in die Augen.

Er richtete sich auf und griff entschlossen nach ihren Händen. «Dies ist auch meine Welt, solange mein Freund mich braucht, solange ich in dieser Welt gebraucht werde, ist dies auch meine Welt!» Das Flehen in seinen Augen blitzte sie an und sie verstand. Und Güte ließ ihn gewähren.

Die Erde drehte sich für die beiden Liebenden wie ein Windspiel bei Sturm, und die Tage und Nächte wechselten, als würden sie voneinander getrieben. Der Träumerling und Güte spürten jeden Windhauch in ihrem Gesicht, jeden Grashalm unter ihren Füßen und hörten jede Bewegung in den Weiden. Nichts brachte ihre lebendigen Herzen zur Ruhe. Ihre Liebe trieb sie durch die Wälder, vorbei an den großen Seen und durch die grünen Wiesen, in denen sie sich zwischen den Wildblumen betteten und sich unter dem freien Himmel nahe waren. Sie tanzten in der Sonne, im silbrigen Schein des Mondes und auf den fröhlichen Festen im Dorf. Nicht nur Anton und Thekla hatten Güte lieb gewonnen, auch die Dorfbewohner erfreuten sich an dem heiteren Paar, welches so viel Freude in das Örtchen brachte. Doch in all seinem Glück holte den Träumerling der Trübsinn immer wieder ein, denn seine Gedanken blieben Anton stets treu.

Kapitel 10

Mit dem Schwinden der Spätsommerzeit schwand auch die Leichtigkeit von Anton. Keinen einzigen Tag gelang es ihm, seine große Sorge zu vergessen, jeden Morgen erwachte er mit der Furcht auf der Brust und der Gewissheit im Geiste, seiner Verantwortung nicht gerecht zu werden – und auch nicht seinem Leben. Seine nächtlichen Befürchtungen im Schlaf über Alberts Kommen verfolgten ihn nunmehr bis in den Tag hinein. So wurden die Tage für ihn immer schwerer und die Stunden immer länger. Mit großer Bekümmernis sah der Träumerling zu, wie die Besonnenheit eines kraftvollen Geistes mit jedem weiteren Tag aus Anton schwand. Es war ihm nicht entgangen, dass sein Freund sich zurückzog, ja, Anton freute sich für ihn und Güte, doch sein Schicksal lag ihm schwer auf der Seele. Niemand konnte ihn davon heilen, kein gutes Zureden, keine Feste, nicht das Glück seines Freundes, nicht einmal seine geliebte Natur vermochte ihn vor dieser Schwere zu schützen. Einzig Thekla war es über die Jahre gewesen, die ihn hielt und ihm Kraft gab, doch auch sie erschien für ihn nicht mehr in dem aufrichtenden Licht, wie er sie einst sah. Alles schien zu welken, zu vergehen, einfach geringer zu werden, fernerhin seine Liebe, die er im Herzen trug, versank im Trüben. Wenn es ihm nun bestimmt war zu gehen, dann wollte er sich schwindend verabschieden, zunächst mit seinen Worten, dann mit seinem Herzen, bis zuletzt mit seinem Dasein als König, Ehemann, Freund und Suchender.

Es war kalt geworden. Die eisige Luft sauste mit dem Nordwind über das Land und brachte die ersten kristallenen Vorboten der weißen Jahreszeit. Die Tage wurden kürzer und frostige Nächte legten sich auf die Hausdächer. Draußen wurde es still und die Menschen gaben sich dem friedlichen Beisammensein im Haus und vor dem Kamin hin. Es dampfte über den Dächern und kleine Fensterlampen ließen die Welt zu den Menschen hineinblicken. Vor den Türen wiesen Laternen mit brennenden Kerzen dem Licht den Weg durch das Dorf, in der Hoffnung, während der dunklen Jahreszeit von der Welt nicht vergessen zu werden. Ein jeder sehnte sich schon jetzt den ersten Schnee herbei. Bald schon schwebten die Schneeflocken vom Himmel herab und bedeckten die Erde mit einem weißen Kleid aus tausenden glitzernden Kristallen.

Früh am dunklen Morgen erschienen die zauberhaften Winterboten vor seinem Fenster. Glücklich hielt der Träumerling seine schlafende Güte im Arm. Er konnte seine Freude nicht halten und richtete sich auf, um nach draußen zu sehen. Dabei erwachte Güte. Gemeinsam liefen sie zum Fenster, zogen die Fensterscheibe hoch und begrüßten den Winter. Der Träumerling erinnerte sich an die Zeit, als er in dieses Dorf gekommen war, in dieses Haus, zu dieser Jahreszeit. Er war so dankbar gewesen, einen warmen und sicheren Platz gefunden zu haben. Auch nun schenkte ihm das Leben wieder einen Platz an der Seite seiner Güte. Tiefe Dankbarkeit sandte er in den frostigen Nachthimmel und hielt seine Liebste noch fester. Die Nacht war klar und die Sterne leuchteten auf sie herab, und er wurde nachdenklich. Lange Zeit war er schon hier, es fühlte sich an wie ein anderes Leben, wie eine Etappe, die nun vorbei war und die er schweren Herzens aufgeben musste.

Die Welt lag ruhend auf der Erde im schneeweißen Gewand, die Stille und die klare Luft brachten Gleichmaß in die Natur, und auch für jede Seele, die sich in die weiße Kälte hinauswagte. Anton wusste dies, und so begab er sich der Witterung zum Trotze hinaus und ging durch den Schnee. Seine Spuren führten über die weiß erleuchteten Felder. Die großen breiten Fußstapfen waren unverkennbar von Anton, sodass sie dem Träumerling eine nützliche Fährte boten, um Anton nachzugehen.

Vor Antons Aufbruch war dieser Tag wieder einer wie jener gewesen, an denen Anton ganz und gar nur für sich war. Setzte man sich zu ihm – stand er auf, sprach man ihn an – schloss er müde die Augen, versuchte Thekla ihm nahe zu sein – verließ er das Haus. So auch an diesem Tag. Thekla saß mit dem Träumerling und Güte im Wohnzimmer. Sie las ein Buch und die beiden Verliebten fütterten sich gegenseitig mit Theklas selbstgebackenen Apfelküchlein. Anton betrat den Raum, nickte abwesend und schlurfte in die Küche. Ein Klirren war zu hören. Thekla stand auf, um nachzusehen. Anton schmierte sich ein Butterbrot und hatte dabei versehentlich den Krug mit der aufgeschlagenen Sahne für den Kuchen gegen das Fensterbrett gestoßen. Ein kleines Stück vom Porzellan-Relief war abgebrochen. Da er wusste, wie sehr Thekla ihr Porzellan gern hatte, bat er sie aufrichtig um Verzeihung, als sie eintrat. In früherer Zeit hätte er ihr liebevoll durchs Haar gestrichen, sie in den Arm genommen und sie verbindlich mit einem Kuss um Verzeihung gebeten. Doch heute musste sie sich mit einer höflichen, aber ausdruckslosen Geste zufriedengeben. Ihr fehlte die Zuneigung zwischen ihnen, doch was auch immer sie tat, wie sehr sie ihn liebte und ihn berührte, keiner seiner Sinne erwiderte dies. So auch an diesem Tag, an welchem Anton sich wieder einmal Thekla entzog. Er nahm sein bestrichenes Butterbrot und ging hinaus. Der Träumerling hatte alles vom Wohnzimmer aus beobachtet und lief zu ihr. Tröstend legte er den Arm um sie.

Thekla sah ihn bittend an. «Geh ihm bitte nach.» Sie sorgte sich um ihren Mann, doch wie weit sie ihm auch folgen würde, sie könnte ihn in diesen Stunden niemals erreichen.

Der Träumerling wandte sich zu Güte, die am Kamin saß und Anton durchs Fenster nachsah. Sie schaute herüber und nickte ihm zu.

Als er sich aufmachte und seinen Mantel im Flur vom Haken nahm, brachte Thekla einen dicken, dunkelblauen Wollschal und band ihn ihm um den Hals. «Den hab ich für dich gemacht. Ich weiß, du hältst diesem Wetter besser stand als unsereins, aber für alle Fälle. Du bist nun schon so lange in unserer Welt, da wirst du sie möglicherweise auch immer mehr spüren, nicht wahr?»

Theklas Worte hallten durch seinen Kopf. «Schon so lange in unserer Welt …»

Geschwind sah er zu Güte hinüber, die mit geschlossenen Augen am Kamin ruhte. Er war sich sicher, dass sie die Worte gehört hatte und dass sie ihn spürte. Thekla schaute ihn verwundert an und sagte dann: «Mach dir keine Sorgen, wir beide werden einen schönen Tag haben.» Noch einmal ging er zurück ins Wohnzimmer und gab Güte einen zärtlichen Kuss auf die Stirn, und nur sie selbst wusste die Bedeutung seiner Dankbarkeit darin zu erspüren.

Anton war weit aus dem Dorf gelaufen, bis an den Rand der Hügelwälder, die das Dorf umgaben. Sein Weg hatte ihn zur alten Ruine auf der Anhöhe geführt. Dort stand er, als der Träumerling ihn aufsuchte. Sein treuer Freund war den Spuren im Schnee bis über die weiten Wiesen gefolgt, je näher er dem Weg hinaus aus dem Dorf kam, desto mehr verliefen sich die Spuren im nassen Kies und dem matschigen Sand. Doch der Träumerling hatte erahnt, wohin der Weg seinen Freund führte, und wenig später stand Anton da; groß, aufrecht, erhaben und doch im Innern gebrochen wie ein robuster, abgebrochener Ast, dem der Nährboden entschwand.

«Du bist wie ein Licht, das überall ist», sagte Anton, als er ihn bemerkte.

Der Träumerling kam näher und stellte sich neben ihn. «Wo Schatten ist, ist auch Licht», sagte der Träumerling.

Anton schaute bedauernd zur Ruine hinauf. «Ich bin ein Schatten meiner selbst geworden, wie diese Ruine. Einst standfest wie diese Burg, bereit für das Leben, nun vom Leben gezeichnet und nicht geringer wert als die von ihr übrig gebliebenen Reste aufeinander gefallener Steine. Alles, was sie noch zu geben hat, ist ihr Schatten für müde Wanderer bei Sonnenschein.»

Der Träumerling bedauerte Antons Worte sehr und versuchte ihn zur Zuversicht zu bewegen: «In jedem Schatten, in jeder Dunkelheit brennt ein unsichtbares Licht.»

Anton schüttelte den Kopf. «Meines ist erloschen.»

«Es ist immerwährend, Anton, an jedem Ort und zu jeder Zeit, bis in alle Ewigkeit.»

Ermüdet fragte Anton: «Wo soll ich dieses Licht noch finden?»

«In deinem Herzen.»

«Ich finde nicht mehr zu meinem Herzen», raunte Anton.

«Denke nicht daran, was war, denke nicht daran, was sein wird, denke nur daran, was ist – hier und jetzt – dann bist du dort, wo dein Herz wohnt. Und dort wartet auf dich dein Licht.»

Anton antwortete aufgebracht: «Wie könnte ich vergessen, welches Schicksal mich erwartet, meine geliebte Thekla und all die Dorfbewohner – mein Volk, Träumerling, mein Volk! Was nützt mir dieses Licht!»

Bestürzt über Antons Worte erhob der Träumerling seine Stimme: «Hast du denn alles vergessen? Jene Weisheit der Natur, die dich dein Leben lang getragen hat?»

Anton schwieg. Nun wusste der Träumerling, dass es für seinen Gefährten an der Zeit war, seinen Weg zu gehen. Sie stapften durch den Schnee hinauf zur Ruine und setzten sich auf die hervorstehenden Trümmer. Der Wind wurde stärker und die eisige Kälte zog ihnen in den Rücken. Lange saßen sie so da, keiner sprach, jedes weitere Wort würde mit Unbehagen fallen, so sehr hatten sie ihre Gemüter aufgebracht.

Auf einmal brach die Verzweiflung in Anton durch: «Ich möchte diese Angst nicht mehr. Sie vernichtet mich!»

Der Träumerling versuchte ihn zu beruhigen: «Sie kann dich nur vernichten, wenn du es zulässt.»

Doch Anton fuhr keuchend vor Leid fort: «Ich muss diese Wesenheit loswerden. Ich muss sie entkräften.» Er suchte in der Ferne nach einer Eingebung. Auf einmal rief er aus: «Mut brauche ich. Ich werde mich auf die Suche nach dem Mut machen. Ich werde nach ihm bitten.»

Anton stand entschlossen auf, doch der Träumerling hielt ihn zurück. «Mein lieber Freund, ich verstehe, was du möchtest. Aber das Gegenteil von Angst ist nicht der Mut.»

«Nein?»

«Nein», entgegnete der Träumerling. Anton schaute ihn beschwörend an. Seine Augen blitzten starr und durchdrangen ihn ungeduldig. Anton war auf eine Weise aufgebracht, die sich nur in seinem Innern abzuspielen schien, und ab und an, wie eben in diesem Moment, trat sein Gram heraus und es zeigte sich die große Verzweiflung. Der Träumerling spürte dies bis in die eigenen Knochen.

«Es ist Vertrauen» sagte er dann, «und das kannst du nur in dir selbst finden. Vertraue auf die Liebe zwischen euch Brüdern. Vertraue darauf, dass ihr einen Weg findet. Vertraue darauf, dass das Leben das Band zwischen euch hält, dass ihr nicht allein seid und euch die Natur in ihren Armen wiegt und vor dem Irrweg schützt.»

Die Worte führten Anton heraus aus seinem Brass. «Ich glaube, es ist zu spät», sagte er, senkte den Kopf und starrte in den Schnee.

«Anton, du bist ein gütiger Mensch. Du verstehst den Zauber der Welt, du kannst ihn heilen – du kannst euch heilen. Geh zu ihm!»

Anton schaute ihn bestürzt an. «Das würde ein Kampf bedeuten. Was, wenn die Ohnmacht mich trifft? Wenn ich nicht mehr bin, übernimmt er mein Reich. Alle meine Leute lebten dann unter seiner Herrschaft. Thekla würde mir das nie verzeihen.»

Den Träumerling schmerzte das Gespräch sehr, und auch die Verzweiflung seines lieben Freundes. Er wollte nicht weiter in Antons Leid eindringen, doch er konnte diese Drangsal nicht länger geschehen lassen.

«Hat die Ohnmacht dich nicht längst eingeholt?», merkte er an. Auch ihn selbst hatte die Ohnmacht eingeholt. Jedes seiner Worte, das er an Anton richtete, brannte ihm auf der Seele, und doch musste er es tun, denn obgleich all die Liebe zu Anton in ihm aufschrie, war dies wohl die einzige Hoffnung, die er noch haben konnte, um seinen Freund zu retten. Mit dem Voranschreiten der Zeit würde sich Anton ferner Alberts Erscheinen selbst vernichten. Und so führte er seine Worte gegen allen Widerstand fort: «Vertraue auf euer Band. Niemand kann das Band zwischen Brüdern trennen, kein König, kein Bruder allein. Stell dich deiner Angst und geh ins Schloss.» Verunsichert löste sich Anton aus seiner Erstarrung. Der Träumerling redete ihm gut zu: «Wo Gütigkeit ist, wird Gütigkeit walten. Verzeihe ihm! Verzeihe dir! Und verzeihe eurem Vater!»

«Unser Vater», sagte Anton leer, «unser Vater, der all dies verantwortet.»

«Suche nicht bei ihm!», sagte der Träumerling, «es gibt etwas im Verborgenen, etwas, dass euch spaltet. Hol es aus dem Schatten, bring es ins Licht, dann kann Vergebung entstehen.» Anton fiel es schwer, die Worte zu empfangen, doch der Träumerling gab nicht auf:

«Tief in dir liebst du deinen Bruder noch immer, du wirst ihn immer lieben, egal was geschieht. Tief ihn dir bedauerst du, dass er verloren in der Welt umherwandelt, und tief in dir, bittest du ihn um Verzeihung, dass du ihn davor nicht retten kannst; und ganz tief in dir, dankt deine Seele eurem Vater für diese Lehre. Eine Liebe, die sowohl Brücken als auch Trümmer durchbricht, überwindet jeden Schatten und währt für immer im Licht.»

Er merkte, dass Anton zurückkam, seine Augen wurden sanfter und die Farbe satter. Die Haut verlor den feinen grauen Schleier, den er die letzten Stunden bemerkt hatte, und Antons Atmen ebnete sich wieder den Weg bis tief in ihn hinein. Anton nahm erneut die Welt wahr, den kalten Wind und die feinen Schneeflocken, vor allem aber spürte er wieder sich selbst.

«Ja», sagte Anton, «ich liebe meinen Bruder, ich werde für ihn, für mich und für uns alle meine Angst, meine Erstarrung überwinden. Meine Liebe wird die Schatten von uns nehmen. Ich danke dir mein Freund, du hast mir wieder Hoffnung geschenkt.» Er spürte, wie ein warmes Gefühl des Vertrauens in seinem Herzen erwachte. «Lass uns träumen, mutig sein! Ich möchte Frieden finden – mit der Welt, mit Albert und mit mir selbst. Ich werde nun gehen, die Liebe stehe mir bei.»

In seiner Zerrissenheit zwischen tiefem Glauben an die Liebe und als Freund in größter Sorge um Anton, enthob sich der Träumerling dem brennenden Schmerz auf seiner Seele und ließ sein Gesicht erstarren, so dass die Tränen, die sich in seinen Augen auftaten, nicht nach außen dringen konnten. Er wollte zuversichtlich sein für seinen Freund, doch seine Worte, Anton zu Albert zu schicken, war bei allem, was er in seinem Dasein auf dieser Welt gegeben hatte, das schwerste Los von allen. Dieses gehaltene Empfinden, das wie ein Fels auf seiner Brust lag, würde ihn noch lange daran erinnern.

Er schenke Anton die innigste Herzlichkeit, die er zu geben hatte und hielt ihn fest in seinen Armen, bis Anton sich langsam löste, seinem Freund auf die Schulter klopfte und sich auf den Weg machte.

«Auf bald!», sagte Anton. Der Träumerling brachte keine Worte über seine zitternden Lippen, sie hätten seinen Tränen die Tür geöffnet. Anton verstand. «Auf bald, mein Lieber, auf bald!»

Der eisige Wind sauste über das Land und die raue Kälte traf Anton wie kleine Nadelstiche auf die gerauten Wangen. Die Eiskristalle hingen in seinem Bart und an seinem Mantel glitzerte der Frost. Lautes Gestöber hallte ihm um die Ohren, aber in ihm war Stille. Seine Gedanken galten diesem einen Moment, der ihn darauf vorbereitete, was er nicht zu erahnen vermochte. Und doch gab es ihm die notwendige Ruhe und Kraft, diesen

Weg weiterzugehen, nicht zurückzublicken und sich dem unausweichlichen Geschehen zu stellen. Je näher er seinem Schicksal kam, desto ruhevoller wurde es in ihm – und er nahm es an. Die Ruhe in Anton brach bald nach außen und die Witterung beruhigte sich. Der Wind wurde langsamer, die graue Wand vor ihm löste sich auf und der Himmel erhellte. Es war, als ebneten ihm die Sonnenstrahlen, die auf einmal durch die Wolken schienen, seinen Weg. Anton atmete auf. Sein Rücken richtete sich empor und drückte sich fordernd gegen die angespannte Brust, die sich mit einem dankbaren tiefen Seufzer bemerkbar machte. In der Ferne erblickte er das Schloss. Es thronte auf dem blühenden Berg der tiefen Täler. Er war zurück. Lange Zeit war vergangen, seit er zuletzt seine Sinne auf dieses Heim richtete und sie schließlich und endlich daran verloren hatte. Bilder kamen auf, aus seiner Kindheit mit Albert, starke Erinnerungen wie das große Tor, welches er am frühen Morgen als heimlichen Fluchtweg in die Wälder nutzte, wenn die Hoflieferungen einfuhren. Er sah sich und Albert als kleine Kinder herumtoben, glücklich und zufrieden. Dann trat sein Vater ins Bild und es wurde schwerer. Der heutige Albert erschien. Er wirkte ernst und bitter, sein Gesicht wandelte sich im Nebelschein zu einer schattenhaften Wolke, bis sich das Bild seines Vaters auflöste und Alberts Gesicht, zu dem des alten Königs wurde. Anton schreckte auf. Schnell wurde ihm wieder bewusst, weshalb er hier war, und seine Beine erstarrten. Jeder seine Schritte wurde schwerer und doch fürchterlich weich, so, als würden sie jeden Moment zu zittern beginnen. Sein Herz raste und stieß polternd gegen seine Brust. Der gepflasterte Weg zum Schloss hinauf war vereist und die Glätte zwang ihn, langsam voranzugehen. Seine Schuhe rutschten immer wieder ab und es schien, als verkündeten sie ein schlechtes Vorzeichen. Doch Anton widerstand der Stimme in seinem Kopf und ging weiter. Er richtete seinen Geist auf Thekla und den Träumerling, wie sie wohl nun am Kamin säßen bei einer Tasse Kräutertee. Thekla würde ihn wie immer liebevoll anblicken und das Knistern des Feuers schenkte ihm Gleichmut. Er dachte fest an seinen himmlischen Freund, der vermutlich jeden seiner Gedanken auf ihn richten würde und, wenn er nur könnte, seinen schützenden Zauber über ihn legte. «Er wird ihr alles erklärt haben und sie wird es verstehen», hoffte er bei sich. Er stieß seine Liebe zu Thekla in den Himmel hinauf, dass diese sie erreichen möge und ihr diese Liebe für alle Zeit in Erinnerung bliebe. Da bemerkte er, dass er bereits Abschied nahm – von seinen Lieben, von seinem Leben und von dieser Welt. Er wurde demütig und nahm all dies an, als einen Weg, den er zu gehen hatte. Laute Vogelrufe tönten wie ein Chor durch die Luft und Anton schaute hinauf. Die Kraniche aus dem Süden kehrten zurück. Bedächtig blickte er den Vögeln nach, wie sie im Keil über ihn hinwegzogen und immer kleiner wurden. Auf einmal pochte sanft, an einem winzigen Fleckchen tief in seinem Innern, das Vertrauen auf die Liebe; es pochte nicht so stark wie sein bebendes Herz, doch es fühlte sich warm an und gut. Es ließ ihn voranschreiten und darauf vertrauen, dass alles gut werde.

Er gelangte am großen Tor des Schlosses an. «Hoheit», sprach ein Wachhabender ihn an und verneigte sich.

«Wohl wurde er empfangen, wohl war er als Herrscher nicht gänzlich vergessen.» Ohne den Mann näher zu beachten, lief Anton durch das sich öffnende Tor. Es zog ein eisiger Windstoß hindurch und traf ihn bis ins Mark. Seine geröteten Hände froren schlimm und seine Kleidung trug allüberall den Frost des langen Weges. Im Haupthaus flackerte Licht durchs Fenster, es kam aus den großen Kaminen der Königszimmer. «Er wird wohl hier sein», dachte Anton, und in seinem Bauch setzte ein Grummeln ein. Im Fenster konnte er eine dunkle Silhouette erkennen, groß, aufrecht, und er erkannte die Krone auf dem Haupt. Es war Albert. Über alle Zweifel erhaben, spürte er in seinem Herzen ein Gefühl der Freude, der Verbundenheit; in seinem Geiste sah er keinen König, keinen Feind, nur seinen Bruder Albert – seinen geliebten Bruder Albert. Das Bild, das er sah, war ihm vertraut, er hatte Albert schon früher vor diesem

Fenster gesehen, wie er nachdenklich durchs Zimmer wandelte und auf eine Erkenntnis hoffte, ihren Vater von sich zu überzeugen. Er hatte immer versucht, seinen Bruder zu überreden, mit ihm in die Wälder zu gehen, doch Albert blieb am Hof und ließ seine Seele von den vielen Gedanken bis tief in die Nacht einfangen. Anton war sich gewiss, vieles wäre anders gekommen, wäre er nur mit ihm gegangen.

Er wurde aus seiner Nostalgie gerissen. Ein lauter Zuruf erweckte ihn unsanft daraus. Er kam von der mächtigen Steintreppe zum Hauptflügel.

«Seid gegrüßt, Hoheit. Ich war überrascht, soeben von eurem heutigen Eintreffen zu erfahren», rief ein Mann in Uniform, die eine hohe Stellung am Hofe erkennen ließ. Der Vertraute des Königs war herausgetreten, um seinen König anzukündigen. Kaum hatte Anton begriffen, war der Mann auf ihn zugekommen und streckte ihm ein Schwert entgegen. Es trug das Emblem des Königreiches, und Anton erkannte, dass es seines war. An diesem Schwert wurde er ausgebildet, dieses Schwert lehrte ihn den Sieg, gleichwohl war dessen Verbleib am Hofe Symbol für seine Abkehr von den königlichen Pflichten. Viele Tage und viele Stunden hatte er daran ausgeharrt, gekämpft und nach einem Ausweg gesucht, Albert gewinnen zu lassen. Nun würden sie als Feinde, nicht als Brüder, kämpfen und es ginge nicht um Lehre oder Ehre, sondern um alles.

«Bruder!», ertönte es in der Vorhalle. Da stand er – der König, in Rüstung und gewappnet für seinen ersehnten Kampf. Er stieg die Treppen hinab zu Anton auf den Schlossplatz. Niemand sonst wagte es, sich in Anwesenheit zu begeben. Selbst der Vertraute wurde von Albert mit einem Handzeichen in die Hallen verwiesen. Anton erkannte die Stimme dieses Platzes, schon damals flüsterte er ihm seine Mahnungen zu und schon damals war ihm gewiss, dass er das Schwert nicht schätzte. Das Schwert hingegen schätzte ihn stets als Krieger, und so führte Anton es in seinen Händen, als hätte er es nie verbannt.

Albert zog sein Schwert, die Klinge klirrte über den großen Platz und verlor sich schnell wieder im dumpfen Schall der Schneelandschaft. Anton überkamen seine Gefühle so sehr, dass er in einen Zustand der Abwesenheit fiel. Für einen Moment fühlte er sich verloren in einem Nichts. Er spürte keinen Anfang und kein Ende, fernerhin schien die Zeit verloren gegangen, ihm war, als versank er in dem samtenen Hauch rauchgrauen Nebels. Er verlor sich gänzlich im Unbekannten, bis er merkte, dass sich der Nebel verdichtete. Der Nebel nahm mehr und mehr Gestalt an. Er erkannte Umrisse eines Umhangs. Eine Kapuze schwebte auf ihn zu, doch er vermochte nicht das Gesicht darunter zu erkennen. Für einen Moment dachte er an das Ende, aber es fühlte sich dafür nicht vertraut genug an. Die Natur hatte ihm zu oft erzählt, wie es sich anfühlte, heimzugehen. Dies konnte es nicht sein. Da bemerkte er, wie er gehalten wurde. Der graue Nebel trug ihn wie eine dichte Wolke, und er ließ es zu. Er ließ sich fallen, besann sich den Worten des Träumerlings und begab sich in Vertrauen. «Egal welche Wesenheit dies sein möge, eine Wesenheit ist immer an jenem Ort, an dem sie am meisten gebraucht wird.» Somit ließ er es zu und legte sich nieder, hinein in den dunklen Nebel aus nachtgrauem Schein.

Die Gestalt stand neben ihm. «Wer bist du?», fragte Anton.

Eine helle klare Stimme, hallend wie in einem endlosen Saal, antwortete ihm: «Du hattest mich gerufen, Eure Hoheit.» Der Nachhall dieser rufenden Worte war so groß, dass sie Anton in ihrer Bedeutung nur schwer gewahr wurden. «Die Liebe in dir traf eine Entscheidung, doch sie wohnte in deinem Herzen, sie hatte nicht die Kraft deinen Geist aufzuhalten, denn er hörte sie nicht. Die Klingen der Schwerter und die schreiende Gewissensschuld eines Königs waren zu laut. Du hast mich gerufen, Anton, dein Herz flehte um Hilfe. Wusstest du das nicht, hattest du das vergessen?»

Er lag in ihren schleierhaften Armen, die sich wie ein seidenes Tuch aus dunklem Rauch um ihn wanden, und Anton erkannte, dass es die Angst selbst war. Die Angst, die ihn all die Zeit davor bewahrt hatte, tiefer zu fallen, als er es hätte erahnen können. Alles, was ihn daran gehindert hatte fern seinem Wesen und seinem Herzen zu handeln, vor Trauer um seinen Bruder, war die Angst. Sie war nicht hier, um ihn zu knechten, sondern ihn auch in diesem Moment des Kampfes fühlen zu lassen, dass er Albert immer noch liebte. Doch sein Herz ließ es nicht zu. Hier, im Angesicht seines Bruders, erkannte er, dass die Angst ihn die ganze Zeit getragen hatte und davon abgehalten, entgegen seinem Herzen zu handeln. Er dankte der Angst und nahm sie an sich.

Die dichten Schleier verdünnten sich und Anton erwachte wie aus einem Schlaf.

Dumpf wie aus der nahen Ferne einer anderen Welt vernahm er Alberts Stimme. «Sieh dich nur an! Was ist aus dem großen starken Anton geworden, dem geborenen König? Wo ist er jetzt – starr vor Angst liegt er mir zu Füßen und überlässt mir kampflos sein Königreich.» Albert schwang sein Schwert durch die Lüfte und lautes Lachen ertönte über den Platz.

Anton stützte sich. «Ich liebe Dich, mein Bruder. Um nichts in der Welt möchte ich derjenige sein, der dir ein Leid antut.»

Albert spottete unberührt weiter über ihn. «Nicht nur ein Feigling bist du, Bruder, ein Heuchler außerdem! Du fürchtest dich vor mir, vor dem Schwert und vor dem Kampf. Du hast dich immer gefürchtet, unser Vater war ein Narr, zu glauben, du wärst ein König!» Er lehnte sich zu ihm hinab. «Geflohen bist du in deine eigene Welt und hast alles und jeden zurückgelassen!»

Die Sonne trat ein wenig in Alberts starre Augen. Sie waren entschlossen und doch war es unmöglich, ihnen zu folgen, sie schienen eine andere Welt zu betrachten, eine Welt, die nur in ihm selbst währte. Doch weit in diesen fernen Augen, hinter all der Wut konnte Anton verborgene Verzweiflung, unerfüllte Hoffnung und die Narben auf der Seele seines Bruders sehen.

Er begann zu verstehen. «Ja, mein Bruder, ich bin geflohen und ich hatte mich sehr gefürchtet, doch wovor ich mich am meisten fürchtete, war das, was in meinem Herzen ist, unter der Gewalt unseres Vaters zu verlieren – mich zu verlieren, uns zu verlieren. Damals konnte ich nicht anders handeln. Ich war nicht bereit mich aufzugeben und sah keinen Weg uns beide zu schützen. Doch in meinem Herzen war ich nie bereit uns aufzugeben. Ich bin es noch nicht und werde es niemals sein. Vergib mir, mein Bruder.»

Anton erhob sich. Mit allen gestärkten Sinnen stand er nun vor Albert und warf das Schwert beiseite.

Mit Tränen in den Augen brüllte Albert ihn an: «Du hast mich alleine gelassen! Ich war so verloren. Ich wollte, dass du mich da raus holst.»

«Ich hole dich jetzt raus», stieß Anton hervor und streckte ihm die Hand entgegen, «verzeih mir, ich wusste es nicht. Ich dachte, du hättest deinen Weg gewählt.» Anton verneigte sich und gab sich Albert hin. «Ich ergebe mich, Albert. Du warst für mich immer mein König, den Tag an dem du herrschen würdest, hatte ich immer herbeigesehnt und ich wäre dir immer und überallhin gefolgt. In dem Mann, der vor mir steht, sehe ich diesen König noch, und es ist ein guter König, so, wie es dir vorherbestimmt ist. Du hast sie nie verloren Albert, deine Bestimmung war immer bei dir, nur dich selbst hast du verloren, nur dich selbst. Doch ich bin jetzt bei dir und ich habe dich wieder gefunden.»

Tränen lösten sich aus der Erstarrung. Alberts Schwert sank zu Boden, die schweren Tränen, die über sein Gesicht liefen, nahmen ihm alle Kraft. Das Wasser in seinen Augen gab ihm das Leben zurück und schenkte ihm die Erinnerung an eine bessere Zeit und sein wahres Selbst. Die strömenden Tropfen vergangener Trauer wuschen seines Vaters Züge von ihm und die Welt hatte den wahren Albert zurück. Ihre Herzen vereinten sich wieder.

«Nimm meine Hand! Mein Bruder, mein König», sagte Anton und ging auf ihn zu.

Doch Albert brachte es nicht über sich: «Es ist zu spät für diesen König.»

«Es gibt kein zu spät», sagte Anton.

Albert nahm die Krone ab und warf sie zu Boden. Ein schweres Klirren erschütterte ihre Ohren, und die Hofmauern schallten die Botschaft zurück und ließen sie ein weiteres Mal über den Platz ergehen. «Wie könnte ich für dich derselbe sein.»

«Für mein Herz warst du immer derselbe und wirst es auch immer sein. Mein Herz stellt keine Bedingungen, an diesem goldenen Platz in mir bleibt alles wie es ist, und seien die Stürme da draußen noch so groß.»

Hinter verbannten Erwartungen und gesühnter Schuld erblühte die Kraft der Vergebung und heilte ihren Bruderbund. Albert erwiderte Antons Hand und die beiden Brüder vereinten sich wieder. Das Leben kam in ihre Herzen zurück und durchströmte ihren Geist.

Die folgenden Monate kam der tiefe, dichte Winterschnee. Die Welt versank unter einer weißen Decke in Stille und Demut. Mit dem Schnee wurde alles bedeckt, was war und mit den ersten Schneeglöckchen erwachten eine neue Zeit und ein neues Königreich. Die Welt stellte sich ein.

Kapitel 11

Die Sonne blinzelte schon über den Horizont und der Morgentau lag auf den Gräsern. Die Felder leuchteten mit jedem Tag mehr in den Farben des Lebens. Die Luft wurde sanfter und der Vogelgesang weckte die Welt aus ihrem Schlaf. Frühling stellte sich ein und mit ihm verschwanden alle Sorgen und Mühen der vergangenen Zeit. Sie schienen mit dem leichten Morgennebel über die Felder zu ziehen hin zum Horizont, um dort in die Ewigkeit des Vergessens einzugehen. Eine neue Zeit hatte begonnen.

Anton saß wie jeden Morgen vor seiner Hütte und verhandelte mit der Natur. Heute jedoch erschien er fast gleichmütig, wie er mit seinen Gedanken über die Felder und die Wässer schweifte. Sein Gemüt ruhte. Sein Kampf war ausgetragen. Er hatte sich verbunden mit dem, was ist und mit dem, was war – bereit für das, was kommen würde. Das Größte, was das Leben für ihn bereit gehalten hatte, um glücklich zu werden, fand er in seiner Furcht, die ihn zu vernichten schien. Nicht sie war es gewesen, die ihn all die Jahre über heimgesucht hatte, es war sein verzweifeltes Herz, das sich an diese große Angst geklammert hatte, wissend, dass sie die Wesenheit war, die es berühren konnte und vereinen, was zusammengehörte. So konnte sich der Moment endlich fügen, auf den er so lange geduldig gewartet hatte. Der Moment, in dem Albert jener König sein konnte, der er wirklich in seinem Herzen war. Anton stand nun als königlicher Verwalter der äußeren Gebiete und Vertrauter des Königs treu an Alberts Seite. Vor allem aber konnten sie wieder die Brüder sein, die sie in der Tiefe ihrer Herzen immer waren.

Für den Träumerling und seine Güte drehte sich die Welt nun immer schneller und sie wussten, dass die Zeit für den Abschied gekommen war. Es bot sich kein Tag für diese Bürde, und doch musste der Träumerling sich ihr irgendwann stellen. An jenem Tag, an dem der Abschied die beiden treuen Weggefährten trennen sollte, stiegen der Träumerling und Güte Hand in Hand zu Anton auf die Veranda. Ein schweres Schweigen ruhte auf dem hölzernen Bau. Der Träumerling setzte sich wie so viele Male zuvor auf seinen Sessel neben Anton und gemeinsam blickten sie ein letztes Mal zum Hain.

«Es ist Zeit», sagte er dann, «wir ziehen weiter.» Anton schwieg. Er sah zu Güte, deren Herzschmerz ihr auf dem schönen Gesicht lag. Tränen perlten über ihre zarten Wangen und sie schaute Anton schmerzlich an. Anton wusste, dass die Zeit gekommen war, die niemand herbeigesehnt hatte, doch welche auch niemand abwenden konnte. So viele Stunden hatte der Träumerling darüber nachgedacht, welche Worte er zu gegebener Zeit an Anton richten würde, doch nun, wie er vor ihm stand, blieben sie aus. Er sah seinen Freund mit allen Sinnen seiner Seele an und er fühlte ihre tiefe Freundschaft mehr als den Abschiedsschmerz.

So blieb ihm nur ein einziger Gedanke für seinen liebsten Freund: «Wenn du einmal einen Wunsch hast, dann blicke hinauf zum Wolkenrand, ich werde dich sehen und deinen Wunsch erhören.»

«Ich wünschte, dass wir uns wiedersehen», antwortete Anton.

«Wir alle sehen uns irgendwann wieder.»

Anton richtete seinen Blick über die weiten Felder. «Wenn wir unseren größten Traum geträumt haben?»

«So ist es, mein Freund.»

Sie lehnten sich zurück in ihre Sessel und schauten hinaus in die Ferne. «Lass uns die Vorfreude auf diesen Moment im Herzen tragen, mein lieber Träumerling», sagte Anton, «die Dinge sind, wie sie sind, und wenn wir das annehmen, können sie zu dem werden, was sie werden sollen. Alles ist gut!»

Thekla kam aus dem Haus. Sie strich zärtlich mit der Hand über die Schulter ihres himmlischen Freundes. Er spürte ihre Liebe, ihre unendliche Herzenswärme und auch ihre Traurigkeit. Ihre Verbundenheit in diesem Leben löste sich in jenem Moment; es fühlte sich nicht gut an – aber richtig. So verabschiedeten sie sich in stillem Schweigen, aber mit nicht geringerer Wehmut als unter fließenden Tränen.

Thekla ging zu Güte und lehnte sich neben sie an den Zaun der Veranda. Die beiden nahmen sich stützend an der Hand. Güte lächelte, und in ihrem hellen Schein der Sanftmut, der stets über ihr lag, verstand Thekla, dass alles gut war.

Lange Zeit war vergangen, viele Sehnsüchte haben sich gezeigt, viele Sorgen über die Gemüter gelegt und viele Lehren hatte das Leben ihnen geschenkt, doch die freudigen Erinnerungen und die Momente des Glücks, die das Leben uns schenkt, überwogen all die Zeit; und dies ist der Schlüssel der immerwährenden Hoffnung. Und Hoffnung kann fliegen – bis in alle Länder, bis in alle Welten und bis in alle Herzen. Und so bewegt sich das Leben vielleicht nicht immer nur unter der Sonne, aber stets in dem Wissen, dass sie hinter den Wolken auf uns wartet, bis wir für sie bereit sind.

Behutsam berührte der Träumerling Anton am Arm. Die Wehmut überwog, doch eine große Sehnsucht setzte sich mehr und mehr durch. Die Sehnsucht, nach Hause zu gehen, dort, wo seine Seele ruhte, woher er kam und immer kommen wird – mit seiner geliebten Güte.

«Lebe wohl!», sagte er.

Anton spürte, wie die Hand fest seinen Arm umschloss, und er fühlte den Abschied.

«Lebe wohl, mein Freund.»